Indélébile

Du même auteur

Bugan Chuluu (2020)

Code ISBN : 979-85-864-9003-2
Courriel : anversvalerie@gmail.com

Valérie Anvers

Indélébile

Roman

à Cham.

Les Indiens disent que la seule chose
qu'on ait à craindre pendant le blizzard,
c'est que le vent soulève la mauvaise part
que chacun porte en soi et que, lorsque tout s'apaise,
apparaisse à la lumière ce que l'on a parfois essayé d'enfouir
tout au long d'une vie.

(Jean-Paul Dubois, Hommes entre eux)

Avertissement de l'auteur

Ce roman est à considérer avec un minimum d'humour.
Intégristes et donneurs de leçons en tout genre, passez votre chemin.

Avec toute ma sympathie pour les gynécologues non libidineux,
les prostituées, les homosexuels et les Gérard.

Le vent a tourné.

Je n'entends pas sa complainte, je ne le sens pas caresser ma nuque, je ne vois pas les feuilles trembler dès l'aube, mais je sais qu'il a tourné.

Il va tout balayer.

De tout ce qui fut, ne restera que l'empreinte.

Il sèmera, sans certitude aucune, les germes d'autres possibles.

Préliminaires

1

La première chose qu'il vit, ce fut sa croupe, proéminente, tendue vers l'arrière, enserrée dans un jean conçu pour sublimer les atouts féminins, il en reconnaissait les coutures spécifiques. Quoique non féru de mode, Tristan de Maresville accordait, du plus loin qu'il s'en souvienne, une passion viscérale pour ces contours, tout ce qui pouvait les mettre en valeur le rendant par conséquent des plus vulnérables.
Le fin tissu blanc, tendu sur la rotondité, laissait entrevoir ostensiblement la ficelle du string dont il commençait dangereusement à se demander quelle serait la meilleure façon de l'ôter, hésitant entre les dents et la lame du cutter qui trônait sur le lave-linge, dans le tambour duquel la propriétaire du jean avait la tête enfoncée jusqu'au cou. Centaure à cul de femme et à tête de lave-linge, voilà le titre qu'un peintre en proie aux mêmes démons que ceux qui le tourmentaient sans relâche, aurait pu donner au tableau.
Il avait troqué ses chaussures de veau italiennes pour une paire d'espadrilles, dès les toilettes de l'aéroport, sans doute n'avait-elle pu l'entendre arriver. Aussi attendit-il que l'envie pressante qu'il avait d'uriner, couplée à un gênant mais inévitable début d'érection, l'emporte sur la fascination que le spectacle lui inspirait.
Il toussota donc à regret.

— Aïe !...Vous êtes... ?

Le visage qui venait de s'extraire du tambour n'avait pas la perfection du fessier. De grands yeux sombres transperçaient l'interlocuteur, un nez un peu fort, un menton carré, quelques rides trop profondes, une certaine dissymétrie sautait aux yeux, mais l'ensemble restait envisageable.

— Tristan de Maresville, pardonnez-moi si je vous ai fait peur, ce n'était pas mon intention… J'ai réservé pour deux nuits, je suis un peu en avance, je n'ai pas trouvé de vol plus tard dans la soirée.

Elle s'essuya le dessus des lèvres couvert d'un voile de sueur d'un revers d'avant-bras, avec l'élégance d'un plombier.

— Sophie Gunand, enchantée. Vous aviez réservé pour deux personnes, c'est ça ?
— Oui… enfin, c'est-à-dire, ma… Ma femme doit me rejoindre, mais je ne sais pas encore quand elle arrivera.
— Je vois. Quoi qu'il en soit, vous auriez dû prévenir, votre chambre n'est pas prête. Vous pouvez faire le tour de la propriété, en attendant. Laissez-moi une demi-heure, ça devrait suffire.

2

La propriété émergeait de la colline, on croyait pourtant avoir quitté la civilisation depuis un bon moment. Après une dizaine de lacets fraîchement bitumés, au détour du dernier virage, elle étalait ses façades trouées de fenêtres de toutes tailles et de baies vitrées à galandage. Son crépi blanc renvoyait le soleil couchant à la face du monde.
D'immenses pins maritimes prenaient sous leurs ailes des chênes chétifs. La simple vue du parterre de cactus et de figuiers de barbarie qui conduisait à l'intérieur du patio central provoquait fatalement au fond de la gorge l'envie d'une pression d'abbaye, dans une chope embuée.
Marina coupa le contact sur l'allée de calades, et d'un geste professionnel elle ramena derrière l'oreille l'accroche-cœur de sa mèche rousse. Le rétroviseur trahissait la nuit qu'elle venait de passer.
Elle avait pourtant prévu de ne pas travailler la veille de son départ, mais à ce tarif-là, elle n'avait pas pu refuser. Un de ses plus fidèles clients l'avait appelée en urgence. Il était accro à certains petits jeux et, Marina devant s'absenter pour un mois, il ne pouvait pas attendre, aucune autre ne pourrait le satisfaire, il saurait se montrer reconnaissant.
Elle s'apprêtait à l'envoyer bouler quand le chiffre était tombé. Elle avait dégluti, accepté la proposition et avait revêtu son dernier achat, une robe à grimper aux rideaux, à en croire les regards et les bouches ouvertes qu'elle provoquait sur son passage.
Quand le serveur avait reculé la chaise de velours pourpre, elle avait trouvé le client très nerveux, et son visage franchement rubicond. Ce n'est que dans la chambre qu'il lui avait annoncé avec des yeux brillants qu'il essayait un nouveau produit, un truc chinois aux effets spectaculaires avérés. Elle avait douté du spectaculaire annoncé, étant donné que, bien qu'à une quarantaine à peine entamée, le pauvre avait en général du mal à tenir la distance.
Elle avait eu tort de douter, car il s'était avéré performant, à un point tel que, dans le grand miroir qui surplombait la commode sur laquelle

elle se tenait fermement, elle l'avait soudain vu pâlir et se couvrir de sueur, grimaçant de ce qui ressemblait plus à de la douleur qu'à du plaisir, avant de s'effondrer mollement sur son dos.
Ses connaissances médicales s'arrêtaient à l'abdomen inférieur, mais au bout de cinq minutes de trituration du poignet, elle ne sentait toujours rien sous ses doigts. Pas de pouls.
Ça avait fini aux urgences, où on lui avait demandé de rester jusqu'à l'arrivée de la femme du patient, une jolie blonde du même âge que son époux. Marina avait croisé son regard et compris qu'elle savait qui elle était. Elle aurait pu s'attendre, en de telles circonstances, à de l'antipathie, de la haine, du mépris, de la jalousie. Elle n'avait décelé dans les yeux de cette femme aucun sentiment de cette nature. Au contraire. Elle y avait découvert de la gratitude, une forme de reconnaissance.
Marina avait regretté de ne pas avoir apporté le bouquet, de l'avoir laissé dans la chambre d'hôtel, le dernier de ceux que son client ne manquait jamais d'acheter pour son épouse avant chaque rendez-vous, et qu'il fixait souvent d'un sourire un peu triste, tout en la baisant.

3

La vigilance avait cédé la place à la torpeur depuis quelques kilomètres, les crampons des chaussures ne suffisaient plus à éviter que les pieds ne dérapent sur le serpentin de chemins caillouteux. La bretelle du sac à dos lui cisaillait l'épaule, il faut dire que Jean-Pierre lui avait refilé la trousse à pharmacie qui devait bien peser ses trois kilos, persuadé qu'une randonnée itinérante dans l'arrière-pays provençal comportait autant de risques qu'une expédition en jungle tropicale. Le bassin commençait dangereusement à compenser les douleurs d'une ampoule à l'orteil droit, la tendinite du genou n'était pas loin, d'autant que les poches à eau étaient vides depuis longtemps.
Philippe se demandait une fois de plus, en abordant la dernière côte, comment il allait annoncer à son compagnon qu'il le quitterait à l'issue de leur périple. Jean-Pierre était d'une sensibilité telle que le pire n'était pas à exclure. Cette chambre d'hôtes au milieu de nulle part était inespérée. Il avait repoussé l'annonce de sa décision, le moment propice ne s'était pas présenté, toujours trop de monde, de promiscuité, Jean-Pierre ayant insisté pour que l'aventure se fasse dans des conditions de confort optimal, une vraie galère de concocter des étapes équilibrées avec une telle contrainte, il avait fallu jongler avec les hôtels de luxe, convaincre des réceptionnistes récalcitrants de céder une simple nuitée en pleine saison, et les chambres d'hôtes avaient été évitées autant que possible, ne répondant généralement pas aux critères de standing imposés par Jean-Pierre.
Philippe avait failli craquer deux jours plus tôt, quand Jean-Pierre avait fait un esclandre dans le restaurant d'un cinq-étoiles, parce que la serveuse lui avait servi au petit déjeuner un œuf à la coque qu'il trouvait trop cuit. Depuis son réveil, Jean-Pierre s'agitait dans tous les sens, tout y passait. De la brosse à dents qui n'était pas dans le gobelet, au pantalon de lin Cerrutti qui était froissé, ce qui est pourtant la moindre des choses pour du lin, en passant par quelques

malheureux poils pubiens d'origine étrangère dans la douche. Bref, Jean-Pierre était dans un jour prémenstruel, et le reste de la journée ne pourrait en rien modifier le cours des choses.
Il avait reposé délicatement la petite cuillère avec laquelle il venait de tapoter, briser, et pénétrer l'œuf, prenant une mine horrifiée devant la consistance claire et sèche des pourtours du jaune. Philippe avait inspiré profondément en pressant ses canthi entre le pouce et l'index.

— ... S'il te plaît…, l'avait-il imploré.

Mais il était trop tard.
La serveuse avait fini en larmes, le directeur de l'établissement épuisé et les clients abasourdis. Jean-Pierre avait passé dix bonnes minutes à leur faire un cours théorique sur la cuisson des œufs, Philippe avait deviné que la journée suivrait son itinéraire, que les billets ne seraient ni repris ni échangés.

Quelques heures plus tard, alors que Jean-Pierre caracolait en tête, Philippe avait puisé dans ses réserves pour revenir à sa hauteur :

— Tu peux pas lâcher, juste un instant ? Écoute ce silence, respire cet air, de quoi t'as besoin, bon sang ? ! Allez, viens là…

C'est au moment où il serrait contre lui son corps frêle qu'elles avaient déferlé au détour d'un lacet, vrombissantes, rugissantes, comme sorties de nulle part. Ils avaient à peine eu le temps de se jeter sur le côté. En un instant, on n'y avait plus vu à trois mètres, l'air était devenu irrespirable. Une, deux, trois, une cinquantaine de motos en tout, rien de moins que le championnat du monde de trial, si on en croyait les indications sur les dossards des concurrents.
Les reproches avaient aussitôt fusé, Philippe ayant été en charge de la préparation de l'itinéraire, fallait-il être idiot pour n'avoir pas repéré l'événement ? Il avait laissé passer l'avalanche, notant juste intérieurement qu'il était fâcheux qu'après dix ans de thérapie à quatre-vingts euros la demi-heure, Jean-Pierre ne puisse admettre que la vie s'était simplement ajustée à son humeur, qu'il ne fallait pas

chercher plus loin. Terrassé par un thermomètre avoisinant les 33° à l'ombre, Philippe avait jeté l'éponge et laissé sa moitié et son caractère définitivement exécrable prendre de l'avance.
La chaleur, l'odeur sucrée et écœurante des genêts, le crissement lancinant des cigales, l'ensemble rendait la réflexion stérile. Philippe avait beau tourner et retourner les phrases dans sa tête, comment annoncer à Jean-Pierre qu'après sept années de tumulte, de combat jour après jour contre vents et marées, de rancunes en regrets, entre les infidélités de l'un et les crises d'hystérie de l'autre, il le quittait pour une femme ?

4

La cime des arbres ondulait, le vent s'était levé, mollement d'abord. L'orage arrivait du nord.
Sophie était persuadée que c'était sa vie qui se jouait, en une saison. Cette activité de chambres d'hôtes devait absolument lui permettre d'assurer le minimum, lui laisser de quoi refaire surface.
Elle sentait son ventre tendu, ses côtes enserrées. Son pouls s'accélérait et une légère moiteur lui montait du creux des reins quand elle consultait le solde de son compte. L'angoisse l'assaillait quand elle n'avait pas de tâche exténuante en perspective, du bois à couper, une tranchée à creuser, un muret à remonter, ou autres choses urgentes auxquelles il n'y avait aucun moyen de se soustraire, toute activité susceptible de limiter l'infernale spirale du mental.
Elle admettait pourtant que le cours des choses ne dépendait pas d'elle, si ce n'est, peut-être, de son aptitude à se laisser porter par le courant, ou à jeter un pied devant l'autre, les yeux bandés, au-dessus de l'eau, sans douter qu'il y aurait une pierre adaptée pour le recevoir. Elle avait beau avoir maintes et maintes fois vérifié que les choses se goupillaient d'autant mieux qu'elle acceptait de lâcher prise, qu'elle renonçait à vouloir, la confiance lui faisait encore et toujours défaut.
Elle venait d'installer le type qui l'avait surprise la tête dans le lave-linge dans sa suite, la plus chère de celles qu'elle proposait. Perché sur des jambes trop longues, tellement grand qu'il se penchait en avant quand il prenait la parole, il s'était extasié d'une voix mielleuse et étrangement féminine sur la vue qui s'offrait à lui, une étendue de chênes verts, un océan de verdure qui semblait sombrer dans une immensité azurée.
Elle avait dû se contorsionner pour sortir de la pièce. Il se tenait planté dans l'encadrement de la porte, rendant le contact physique inévitable. Elle avait cherché sur internet qui il était, un gynécologue et chirurgien de renom, c'était quand même flippant, qu'un type qui

passe sa vie entre les cuisses des femmes ne parvienne pas mieux que ça à maîtriser ses pulsions.

C'est dans l'escalier qu'elle saisit l'ampleur de ce qui l'attendait. Une voix de castrat s'élevait du colimaçon. Sophie se pencha et constata que la réalité correspondait à l'idée qu'on se faisait du personnage quand on n'avait que le son. Un blond fluet d'une trentaine d'années, bronzé à mort, moulé dans un short en lycra noir rehaussé d'un marcel violet tout aussi moulant, envoyait ses nombreux tentacules de tous côtés, chaque geste se terminant en un moulinet du poignet des plus gracieux, le tout ponctué d'exclamations d'une tonalité inhumaine.

5

Elle était entrée avec le premier coup de tonnerre, ils avaient sursauté quand le loquet de la vieille porte était retombé. Elle semblait s'excuser d'exister.
Un jean, un simple tee-shirt, une vieille paire de tennis en toile grise, les cheveux tirés sagement en arrière, pas trace de maquillage. Une grande sobriété émanait de la jeune femme. Rien dans sa tenue ne jurait, tout n'était qu'harmonie.
Pourtant quelque chose clochait, difficile de cerner le problème. Le rôle n'était de toute évidence pas le sien.

— Marina Volosenkov. J'ai eu un peu de mal à trouver…

Elle avait prononcé son nom en traînant sur la dernière lettre, avec la sensualité slave que cela requérait.
Tout en elle inspirait la douceur, bien que le ton semblât sur la défensive.
L'ensemble était harmonieux, les seins la précédant malgré l'effort de minimalisme vestimentaire. Doc gynéco en avait les yeux qui sortaient de la tête, Jean-Pierre jaugeait l'ensemble d'un regard mauvais, sa moitié légèrement bedonnante continuant quant à elle à engloutir le bol de tapenade posé au milieu de la grande table basse, une table à opium en teck vieilli.
Sophie avait invité la dernière arrivée à s'affaler en leur compagnie dans les gigantesques canapés en cuir brun. Marina s'était retrouvée coincée entre Philippe et Tristan de Maresville, personne ne semblait s'en plaindre.

Assez vite, finalement, des propos qui n'engagent à rien s'étaient échangés, l'été précoce cette année-là, la gestion de la crise sanitaire et le dernier Houellebecq, rien que du consensuel. Chacun pitait à droite à gauche, à coups de gressins et de bâtonnets de légumes, dans des purées colorées, parfumées et épicées. Si certains se croyaient obligés de relancer la conversation, tous semblaient indifférents aux éclairs qui zébraient parfois le ciel, au loin, derrière les grandes baies vitrées. L'apéritif dînatoire s'était achevé comme il se devait, entre gens civilisés. Ils s'étaient éclipsés avec des sourires de convenance et des jugements plein la tête.

6

Agenouillée devant la cuvette de porcelaine, elle régurgitait les mets pourtant excellents. Elle le sentait monter, ça partait de l'estomac, puis, comme un serpent dans sa poitrine, le dégoût se faufilait, s'insinuait dans les recoins, enserrait sa cage thoracique.
Marina n'arrivait pas vraiment à définir ce qui provoquait ces vagues nauséeuses, elle constatait juste que quand le mécanisme était enclenché, plus rien ne pouvait l'arrêter. Il suffisait parfois de pas grand-chose, un regard, un mot, rien de bien identifiable.
Elle essayait de visualiser cette soirée, depuis son arrivée. Elle avait dû relâcher la vigilance un instant, s'était enfoncée dans le moelleux de la méridienne. Elle avait senti le genou de son voisin, petit et trapu, se rapprocher imperceptiblement du sien. Quand à l'autre, un médecin, si elle avait bien compris, il s'était reculé au fond de l'assise, comme pour mieux évaluer la marchandise, et avait détourné le regard avec un petit sourire condescendant quand, répondant aux questions de l'hôtesse, elle avait dit qu'elle était là pour se reposer loin de l'agitation citadine.
Depuis quelque temps, la nausée gagnait du terrain. Même quand elle ne la sentait pas, elle savait qu'elle était là, tapie dans l'ombre, une amie de longue date, épuisante mais rassurante.

La nuit s'était installée, insidieusement, le vent s'était calmé, les ombres pouvaient prendre possession de la scène, Marina les attendait.

7

L'éclairage du bassin jouait avec les reflets ambrés du liquide. Des glaçons indifférents y flottaient sans bruit, Tristan de Maresville y trempait les lèvres distraitement. D'un geste inconscient, il caressait l'eau de la piscine, faute de mieux, attendait comme un adolescent, à côté de son portable, qu'elle daigne l'appeler. Il avait tout maîtrisé, depuis toujours, sauf, peut-être, son divorce, quoiqu'il se fût donné du mal pour en arriver là, mais cette fois, il ne maîtrisait rien. L'objet de son tourment n'était pas maîtrisable.

La dernière fois qu'il avait perdu les pédales pour une fille, il avait dix ans. On l'avait obligée à s'asseoir à côté de lui, au premier rang, celui qu'on réserve aux éléments perturbateurs. Elle était si douce, aucune autre n'aurait accepté sans protester. Il l'avait dévorée des yeux pendant des semaines, comment elle, si jolie, pourrait s'intéresser à ce grand échalas, albatros dégingandé, n'ayant d'autre ressource que de faire le pitre, pour attirer l'attention ?

La stratégie s'était avérée infructueuse, il avait donc changé son fusil d'épaule. Un jour de hardiesse, il avait mis de longues minutes pour approcher sa main de celle de la fillette avant de l'effleurer, sans jamais la regarder. Bingo ! Elle n'avait pas bougé, s'était imperceptiblement raidie sur sa chaise.

Il savait déjà qu'il lui faudrait redoubler d'efforts avec les filles, il ne pouvait pas compter sur un physique plutôt ingrat. Tandis que son aîné de deux ans les faisait tomber comme des mouches avec sa gueule parfaite, il devrait, lui, ramer pour faire oublier un visage sans finesse, un corps poussé trop vite.

Malgré tout, à coups de blagues et de gentilles attentions, il était parvenu à ses fins, ça s'était conclu de façon classique, par des bisous timides, mouillés et maladroits dans les toilettes des filles.

Il était raide dingue, elle était tout ce qu'il voulait.

Bien sûr, elle avait quitté l'école à la rentrée suivante, mais il avait

compris quelques trucs de base, que des choses que l'on croyait impossibles pouvaient se réaliser si on s'en donnait les moyens, que des clichés comme « fille qui rit… » n'étaient pas forcément totalement infondés.
Finalement, à bien y regarder, il n'avait pas changé grand-chose au fil des ans, il était resté sur ces valeurs sûres, soufflant souvent la mise à des plus beaux que lui. L'argent et la renommée avaient aussi beaucoup joué en sa faveur, il ne fallait pas se mentir.
Gamin, Tristan de Maresville était insupportable, intenable. Comme si chaque seconde était à gagner, pas une minute à perdre. Se prouver, leur prouver. Mériter l'amour. Pour cela, être le plus grand, le meilleur, le plus sûr, le plus fort, le plus, de toute façon. Conquérir à tout va, les regards, l'attention, l'admiration, puis la suite logique, l'argent, la gloire, les voitures, les aventures.
La même avidité l'avait poussé tout naturellement vers cette spécialisation. Il est vrai que les risques vitaux étaient moindres qu'ailleurs, il est rare que l'on meure d'une hystérectomie. Le travail ne manque pas, l'argent coule à flots pour qui sait innover. Ça avait fait marrer ses potes de promo, qu'il choisisse cette voie, ils le vannaient depuis longtemps sur le sujet, au vu de ses ardeurs excessives et notoires. D'un côté, l'idée l'excitait, de l'autre il espérait que la béance féminine permanente, médicalement souvent peu ragoûtante, tempérerait un peu son appétit.
Il n'en avait rien été.
Un certain nombre le faisait exprès, il s'en était rapidement rendu compte. Elles sortaient les tissus soyeux, moirés, les balconnets en dentelle ou en organza, rivalisant de transparence, quand ce n'étaient pas les jarretelles, pour les plus atteintes. Quel ingrat, quel aveugle, quel insensible aurait-il fallu être pour ne pas avoir la gorge sèche, le bas-ventre en feu à la moindre inattention ?
Il avait donc passé vingt-cinq ans à se faire violence, à chasser en dehors des heures de travail, ce n'était pas son mariage et ce qu'il comportait de sexuellement acquis qui l'en avait détourné, il avait même essayé les sports plus classiques, mais ce n'était pas son truc, dans le seul but d'arriver serein en consultation. En vain. C'était plus fort que lui. Il ne comptait plus les fois où il n'avait pu résister à l'envie de vérifier la sensibilité vaginale des patientes, soudain en proie

à une brutale envie d'uriner.
Il finissait ses soirées harassé par des journées trop longues, à apaiser ses besoins vitaux sur internet tandis que son épouse s'endormait avec des boules Quiès et un léger somnifère dans la chambre contiguë.
En salle d'op, heureusement, et l'expérience et la renommée aidant, il y passait de plus en plus de temps, il arrivait à ne les voir que comme de la viande à découper proprement. Anesthésiées, affublées d'une charlotte et derrière un drap vert, elles n'avaient plus rien d'irrésistible.

8

Son amant lui tournait le dos, en chien de fusil dans ce lit XXL. Il fallait au moins ça, c'était le minimum pour se réconcilier, Jean-Pierre était, il fallait bien le reconnaître, d'une souplesse ahurissante. Aucune contorsion ne lui était impossible, aucune position ne lui résistait, quand les paroles restaient vaines, ses arguments étaient indiscutables.
Tandis qu'il dormait maintenant paisiblement, le croassement ininterrompu des grenouilles scandait dans la nuit : « parle-lui, parle-lui, parle-lui... ». Lui parler, OK, mais pour lui dire QUOI ? Que les années étaient venues à bout de ses efforts, que vivre avec une vraie folle était à la longue insupportable, que ses suspicions incessantes avaient eu raison de sa patience, que les sentiments ne suffisaient pas pour pouvoir continuer à tout encaisser ?
Il avait souvent tiré la sonnette d'alarme, mais Jean-Pierre n'écoutait pas, il ne savait pas. Philippe s'était souvent demandé si la capacité d'écoute n'était pas proportionnelle à la taille des oreilles. Celles de Jean-Pierre étaient particulièrement petites. Ça faisait d'ailleurs partie de son charme, son côté excessivement menu et féminin. C'est ce qui l'avait séduit quand il l'avait vu pour la première fois.
Il se déchaînait sur une piste de danse, dans une boîte hétéro, son corps ondulait comme un reptile. Il l'avait d'abord vu de dos, s'était approché de lui en se dandinant maladroitement. C'est quand la cible s'était retournée que Philippe avait eu un doute. Jusque-là, et ça faisait un bon moment qu'il l'avait en ligne de mire, tout en sirotant son quatrième Gin Tonic, ses manières exclusivement féminines ne laissaient pas entrevoir une quelconque ambiguïté.
Désarçonné, presque honteux, essayant de se rassurer en mettant ça sur le compte d'une journée difficile, Philippe s'était réfugié à la table des amis qui l'avaient traîné là, et avait glissé à l'oreille de son pote :

— Comment tu la trouves, la nana qui danse super bien, là, avec le petit short vert ?
—... Bonne.

La réponse l'avait rassuré, quoique un peu laconique, mais Gérard ne brillait pas par sa finesse, c'était le seul mot qu'il avait pu en tirer, en même temps, avec ce qu'il avait descendu, on était en droit de douter de sa lucidité. Il n'avait cependant pas cherché plus loin, avait considéré que l'aval de l'aspirateur à minettes qu'incarnait Gérard suffisait, et s'était de nouveau courageusement faufilé entre les corps qui exhalaient des effluves de fin de soirée.
Ils n'avaient pas échangé un mot, les yeux et les mains avaient suffi.
L'aube l'avait amené devant sa porte, où il l'avait embrassée profondément, n'étant pas plus avancé sur l'identification de la créature. Il savait juste qu'il bandait comme un âne et il lui était impossible de concevoir qu'« autre chose » qu'une femme pouvait le mettre dans cet état.

Premier jour

9

Le jour mauve s'étirait doucement.
Quand le sommeil se refusait à elle, Sophie finissait ses nuits dans la garrigue. Là, peu à peu, une à une, les ombres inquiétantes de la nuit prenaient formes connues. L'armée de pins d'Alep, si menaçante dans la pénombre, baissait la garde.
Elle connaissait chaque pierre, esquivait par avance chaque branche susceptible d'entraver sa procession matinale.
Elle y revisionnait souvent sans précision particulière le cours de sa vie. Elle avait gâché vingt années de son existence à exercer un métier qui l'ennuyait à mourir, au milieu de névrosés parmi les plus beaux spécimens, le plus souvent sots et intolérants, quoique persuadés du contraire, sa vie sentimentale avait été des plus chaotiques, et une grande partie de son énergie s'était dilapidée dans le fantasme de la vie de princesse qu'elle méritait forcément, le déjouement de ce qui lui faisait si mal, et une fuite de la réalité si récurrente qu'il lui était souvent arrivé de la confondre sérieusement avec la fiction.
Les buissons lui piquetaient les mollets, la ramenaient dans le réel, la terre et l'instant, alors que ses narines flairaient de loin l'odeur du café qu'Ernesto, le torse imberbe et doré luisant dans les premiers rayons, apportait sur la grande table de teck grisée et polie par des éléments aussi impitoyables que les heures qui les attendaient.

10

L'italien avait installé les pots de confiture et le pain au levain au centre de la table. Il y avait ajouté des tas de petits trucs raffinés qui justifiaient le prix du séjour.
Un volet coulissant grinçait sur son rail, un rapace troublait le silence matinal de son cri perçant.
Jean-Pierre fit son entrée comme une brise légère, aérien, entouré d'un nuage olfactif floral et boisé, vêtu d'un simple kimono de batiste grège.

— Elles sont sans sucre ajouté ? demanda-t-il en désignant les pots de confiture d'un doigt suspicieux.
— Ah, jé né sais pas. Tou n'as qu'à démander à Sophie…
— Et vous avez du thé blanc ?
— Ma… Jé né crois pas. Dou vert ou dou noir, mais pas dé blanc.

Jean-Pierre soupira et se désintéressa rapidement de son interlocuteur, tendant son visage au soleil levant et se tenant les reins comme une femme en fin de grossesse.
À l'issue d'une série d'inspirs et d'expirs destinés à un public pourtant absent, il ouvrit les yeux, soupira de nouveau et s'assit après avoir épousseté des miettes imaginaires sur la galette de chaise.
Il opta finalement pour un Gyokuro nature et quelques fruits frais, qu'il croqua en observant du coin de l'œil Ernesto, qui effectuait des allers-retours entre la cuisine et la terrasse avec un soupçon d'indolence, juste ce qu'il fallait, pieds et torse nus, ne portant qu'un bermuda élimé. Ernesto avait l'irrésistible barbe de trois jours qui donnait à son visage une maturité qu'il n'avait peut-être pas. Avait-il un vécu de baroudeur au long cours, ou se la jouait-il simplement latin lover avec un zeste de savamment négligé ?

Le vent s'en donnait déjà à cœur joie, les cyprès s'inclinaient, des

Canadairs tournaient depuis quelques jours. Jean-Pierre se tamponnait délicatement les coins de la bouche en se disant qu'à bien y regarder, celui qui ne lui avait pas été présenté mais qui semblait être l'homme à tout faire de la maison, n'était pas mal du tout, les muscles saillaient joliment sous la peau et quelques tablettes bien dessinées émergeaient du bermuda.

11

Marina se léchait les doigts dégoulinants de miel de châtaigner. Autant ne pas se priver, tout était payé par le client qui lui offrait ces quelques jours. Au bord de la piscine, Philippe enduisait généreusement son corps blafard d'huile solaire, dont les effluves de coco parvenaient jusqu'à elle. Elle observait nonchalamment Jean-Pierre qui s'agitait dans sa tenue de salle de fitness sur une des petites terrasses en restanques, soufflant comme un bœuf dans la chaleur déjà pesante de ce milieu de matinée.

Ça la cueillit sans prévenir, venu de loin. Elle manqua défaillir.
Citron, gingembre et vétiver.
Une décharge dans le cœur, puis sa poitrine s'ouvrit pour s'emplir du parfum. Ça lui revenait en pleine figure, on n'est jamais à l'abri, le temps n'estompe pas tout.
Elle revit son visage, ses yeux fermés, ses rides de part et d'autre de la bouche et du nez, quand elle s'arc-boutait au-dessus de lui. Elle l'avait aimé jusqu'à s'annihiler, il lui avait offert le sexe et sa première ligne de coke. Il l'avait laissée quand il s'était lassé, elle avait gardé la poudre blanche en souvenir et cultivé ses compétences sexuelles pour apaiser la morsure. Elle était en quelque sorte devenue escort par amour.
Peu d'hommes portaient ce parfum, les rares fois où elle l'avait senti depuis, ça l'avait anéantie. Tristan de Maresville avait eu la main lourde sur l'eau de toilette, Marina rouvrit ses paupières mi-closes et ferma la bouche quand il se planta à ses côtés. Il ne lui rappelait en rien son amant, l'atterrissage était assez brutal.

12

Il se racla la gorge.

— Bonjour… Temps splendide, non ?..
— Mmm…

Elle n'avait pas envie de parler, ça avait le mérite d'être clair. Tristan de Maresville se rappela pourquoi il était sorti, et se remit en quête de son téléphone. Elle l'avait forcément appelé, elle était capable de changer inopinément ses projets si elle n'arrivait pas à le joindre, de se rabattre sur un de ces petits crétins avec qui elle frayait avant de le rencontrer.
Il l'avait abordée quelques mois auparavant, à l'époque où il traînait sa solitude dans les bars, le soir, après des journées qui débordaient bien au-delà du raisonnable.
Il avait étendu son planning de consultations au maximum, sa secrétaire avait failli démissionner, tout était bon pour ne pas rentrer chez lui, si on pouvait nommer ainsi le trois-pièces qu'il avait pris en urgence deux ans plus tôt, quand sa femme, avertie par une âme charitable qu'il fréquentait un peu trop assidûment sa meilleure amie, lui avait octroyé un délai de quarante huit heures pour quitter la grande villa qu'ils avaient fait construire dans la banlieue huppée de la ville, villa qui lui était d'ailleurs toujours sortie des yeux, froide et monumentale.
Elle était accoudée au bar, tout ce qu'il y a de plus banal comme contexte de drague, elle jouait avec son mégot dans un gros cendrier de cristal et semblait absorbée par les notes qu'un pianiste déprimé exécutait sans entrain parce qu'il était payé pour ça. Elle lui avait souri, c'était toujours ça de pris, après des mois où la vie paraissait se résumer au vital, où le café du matin était le seul à lui vouloir du bien, où tout semblait partir en live en dehors de son travail.
Il avait su d'entrée qu'il n'aurait pas envie de la ramener dans son

dortoir, comme il l'avait fait quelques fois, encore plus mal au matin que la veille, quand la fille renfilait sa petite culotte avec un « Tu m'appelles ? », il avait juste envie de mourir, de s'étouffer dans l'oreiller, plutôt que de revivre ça une seule fois. Finalement, faire appel à des professionnelles l'avait même effleuré, des collègues pleins de ressources lui avaient glissé quelques numéros de téléphone, invoquant même les spécialités pratiquées et la qualité du service rendu, gageant que si on y mettait le prix…
Il lui avait demandé si elle prenait quelque chose, elle n'avait pas répondu, juste secoué doucement la tête de droite à gauche. Bon, ça partait plutôt mal, les dieux n'étaient toujours pas dans ses contacts, il allait falloir se retrousser les manches.
En s'approchant de son visage pour qu'elle l'entende à travers le solo de saxo qui s'était soudain déchaîné, il avait trouvé ses pupilles bien dilatées. Il se demandait si elle n'était pas déjà passablement éméchée quand le jet avait jailli sans prévenir, directement sur le seul de ses costumes qui n'était pas au pressing, aspergeant au passage sa dernière folie vestimentaire, une paire de Derbies en autruche noires de toute beauté ramenées de son dernier colloque à Melbourne.
Il voulait bien reconnaître que le vomi, comme entrée en matière, ce n'était pas très engageant. Mais là, il se foutait éperdument du costume et des pompes à deux mille euros, il se foutait de tout, il avait juste envie de la prendre dans ses bras, en même temps il avait un peu attendu, on ne sait jamais, il s'était contenté de lui tendre des serviettes en papier empilées sur le comptoir.

— Putain, ça va mieux…

Certes, le langage n'était pas non plus des plus raffinés, mais seul un imbécile se serait arrêté à ces quelques détails, quand le ciel semblait enfin s'éclaircir après des mois d'éclipse totale, quand la fille la plus craquante et la plus sexy qui soit se trouvait à sa portée.
Enfin, à sa portée, c'était un raccourci.
Il avait fallu en faire, pour arriver à ses fins, pour lui faire accepter un simple dîner. Il avait veillé à ce qu'elle ne s'empare pas de la bouteille, on avait beau être motivé, il valait mieux anticiper. Elle s'était

émerveillée de chaque plat, il avait l'habitude de femmes blasées par la vie facile, qu'il emmenait dîner dans les plus grands restaurants, sa réputation était en jeu, et qu'il culbutait sans passion dans des chambres d'hôtels de luxe.
Il ne l'écoutait pas vraiment. La regarder parler lui suffisait, il la trouvait légère et lumineuse.
La soirée s'était achevée dans la grande fontaine du centre-ville, du moins pour elle, elle avait chaud aux pieds, il l'avait regardée, amusé, fasciné par tant de spontanéité, c'est quand même dingue comme une semaine qui n'en finit pas peut s'effacer en un instant, quand tout semble soudain éclaboussé par la grâce, un éclat de diamant dans la nuit noire.

13

La sonnerie du minuteur le surprit en pleine divagation mentale, Philippe se tourna sur le ventre, il fallait y aller progressivement si l'on voulait un bronzage harmonieux et durable, encore un domaine dans lequel il ne contestait pas les connaissances de Jean-Pierre.
Étalé comme une crêpe sur le transat en teck qui bordait la piscine, il repensait aux jours qui avaient suivi leur rencontre.

— T'es pas sérieux ? lui avait demandé Gérard. C'est pas la « nana » de l'autre soir ?! Enfin j'étais quand même pas bourré à ce point-là ?!

S'en étaient suivies des considérations sur les caractéristiques féminines que Gérard mieux que personne était à même d'identifier, on ne lui ferait pas prendre des vessies pour des lanternes, le corps des femmes était son sujet d'étude de prédilection, il défiait quiconque de lui apprendre quoi que ce soit en la matière.
Gérard regardait avec scepticisme Jean-Pierre qui faisait la gueule, les bras croisés et leur tournant le dos, déhanché sur le bord du trottoir, moulé dans un jean blanc et un tee-shirt rose pétant, et juché sur des bottes noires à talons, un spectacle à lui seul, nul besoin de chercher d'autre divertissement pour la soirée.

— Mais tu l'as… ? avait enchaîné Gérard.

Le problème, avec Gérard, c'est qu'il ne savait pas s'arrêter, la notion de limite lui était parfaitement étrangère.
Il avait passé le repas à lorgner Jean-Pierre du coin de l'œil, entre curiosité malsaine et répulsion, il ne comprenait pas comment son meilleur ami, jusque-là « normal », avait pu basculer en quelques jours. Philippe lisait dans ses pensées. Alors quoi ? Qu'en était-il de sa fascination pour les gros seins, exhibés par une fille au QI de laquelle

il était en général totalement indifférent ? Alors c'en était fini de leurs petits jeux à la terrasse des cafés, bien dissimulés derrière leurs Ray-Ban ? Exit les notations sans complaisance sur chaque partie d'un corps féminin, disséqué, observé sous toutes ses coutures, sous tous les angles, un verre à la main, dans des fins d'après-midi languissantes qui laissaient entrevoir de quoi la nuit serait faite, délicate ou brutale, selon l'humeur ?

Merde. Ils en avaient pourtant consommé, parfois ils avaient même partagé le gibier patiemment amené là où ils le souhaitaient, ce n'était pas devenu une habitude pour autant, mais il avait bien fallu oser quelques nouveautés les rares fois où l'ennui avait tenté de s'insinuer dans la pratique de leur sport favori.

Philippe aurait pu rassurer Gérard sur un point, bien qu'il ne l'ait pas fait, le bonhomme n'ayant pas besoin que l'on apporte matière supplémentaire à ses délires : l'entrejambe de Jean-Pierre n'avait pas été un obstacle, bien qu'il ait craint le moment de la mise à nu, un corps semblable au sien, pas de seins, pas de hanches, aucun repère à quoi se raccrocher. La fragilité qui émanait de toute sa personne avait rendu les choses plus aisées, Philippe avait connu des partenaires moins féminines que Jean-Pierre.

Le manque de subtilité de Gérard avait refroidi Jean-Pierre, Philippe avait dû le travailler tout en finesse pendant des mois pour qu'il accepte de côtoyer ses amis. Jean-Pierre avait par contre tout de suite accroché avec la blonde au 105E qui partageait alors plus ou moins officiellement la vie de Gérard, ils avaient échangé leurs expériences en matière de cosmétiques et de lotions capillaires, et ils se retiraient parfois du troupeau de mâles qui les entouraient quand ceux-ci les délaissaient pour des préoccupations plus essentielles, en général des histoires de ballons et de moteurs.

Jean-Pierre et sa nouvelle copine se trémoussaient, ils gloussaient bruyamment et chuchotaient dans les coins. Des médisances sur leurs partenaires, à n'en pas douter, ça rendait Gérard nerveux.

14

— Lé voisin est passé, il a laissé ça, oune histoire dé 4X4, il né les a pas vus. Ça lui a bousillé la bagnole... Sa femme né veut pas en entendre parler, elle en a marre dé la daube. Il s'est dit qu'avec les chambres, tout ça, ça tou férait quelqués répas. Jé sais lé préparer, si tou veux, j'en mangeais tout l'hiver quand j'étais pétit. Ma... mon grand-père, c'était oun chasseur, oun vrai. On congèle, on en a « pour la vie des rats », c'est comme ça qu'on dit, non ?

Ils gisaient là, au milieu de la cuisine. Un énorme et deux plus petits. Une laie suitée, comme disaient les locaux. Petits, mais pas tant que ça. Ils avaient juste l'air de dormir. On ne distinguait aucune blessure, une simple traînée rougeâtre sur le sol en pierres, marquant l'itinéraire qu'ils avaient parcouru depuis l'entrée de la maison.
Putain, qu'est-ce qu'elle allait faire de ces trucs ? Il était gentil Marius, mais elle avait horreur de ça, ce goût faisandé, l'acidité du vin cuit, toute la beaufitude condensée en un plat. Bien sûr elle pouvait en faire profiter les touristes sans y toucher, mais le problème qui allait se poser dans l'immédiat dépassait largement ces considérations gustatives.

15

Sophie n'avait pas eu d'autre solution, dans l'urgence, elle l'avait traîné dans la cave.

C'était quelques semaines auparavant, un lundi matin, Ernesto était revenu plus tôt que d'habitude du plein hebdomadaire qu'il faisait de victuailles, elle avait juste voulu parer au plus pressé.

Elle avait attendu dans la pénombre et la fraîcheur d'être sûre que son employé était occupé en cuisine, qu'il ne descendrait pas, il n'y avait aucune raison, on ne rangeait au sous-sol pas grand-chose d'autre que du vin, il n'y en avait pas sur la liste de courses.

Heureusement, le congélateur de la cave était en surplus, on n'y stockait rien. L'idée avait germé avant qu'elle allume la lumière, alors que tiroirs et portes de placards retentissaient à l'étage, signe qu'Ernesto en avait pour un moment. Elle avait regardé l'engin et estimé ses dimensions. C'était un modèle king size, en forçant un peu, ça pouvait passer. Par contre, elle avait eu beau faire le tour du matériel qu'elle avait à sa disposition, elle n'avait pas la moindre idée de la façon dont elle allait s'y prendre pour le hisser à l'intérieur.

La tâche s'était avérée à la hauteur de l'événement : insurmontable. Il avait fallu attendre qu'Ernesto soit à l'extérieur de la maison.

Fort heureusement, le lundi après-midi était le jour ou le boucher du village voisin se rendait à l'abattoir, ça lui prenait la demi-journée, la boucherie était fermée, et sa femme avait la réputation de s'ennuyer ferme en l'attendant. Ernesto avait pris pour habitude de lui tenir compagnie, c'était un petit rituel qui rythmait sa semaine de travail. Deux heures à tout casser, mais ça devait suffire à son épanouissement, si l'on s'en référait à sa zénitude et à la constance de son humeur. C'était d'ailleurs le seul moment qu'il s'accordait hors de la propriété.

Sophie avait sué sang et eau pour soulever le haut du corps, elle l'avait adossé au congélateur. Il était lourd, le poids de son histoire, sans doute.

Elle avait pris le temps de remonter se faire un café, ça lui avait permis de réfléchir au moyen de le soulever, elle s'était allumé une clope avant d'aller chercher les sangles dans la remise. Elle ne regrettait pas la rigueur avec laquelle elle pratiquait pompes et abdos chaque matin, depuis de nombreuses années, ça pouvait paraître futile, mais il y a des jours où ça peut s'avérer indispensable, tout n'est pas réduit à l'esthétique.
Bref, force et patience étaient venues à bout du problème, elle en avait bavé jusqu'au bout, il avait fallu qu'elle le mette en position latérale, la seule qui lui permettait de tenir dans l'espace pourtant généreux de l'appareil. Elle lui avait fermé les yeux, elle s'était abstenue de croiser son regard pendant la macabre corvée. C'était elle ou lui.
Elle ne s'en était pas si mal sortie.

Ça pouvait paraître insensé, mais elle l'avait presque oublié. Et voilà que le boomerang lui revenait en pleine figure, elle se demandait comment elle avait pu l'occulter, continuer à vaquer aux nécessités quotidiennes, depuis trois semaines, avec ce corps dans le congélateur. Certes, là où il était, il ne pouvait pas aller loin, elle avait quand même scellé le couvercle avec du scotch de déménagement.
Rien n'avait été modifié, si ce n'est la qualité de son sommeil, peut-être, elle se réveillait parfois dans des draps moites.

— Tou veux qué jé les descende ?

Ernesto avait déjà empoigné la mère. Il avait fallu être réactive, elle avait prétexté devoir nettoyer le congélateur, elle avait rappelé à Ernesto l'urgence d'entretenir la piscine, elle avait gagné du temps.

16

Marina était remontée enfiler un bikini dont le prix était inversement proportionnel à la quantité de tissu, elle savait prendre soin de ce qui la faisait vivre confortablement. Elle tapotait ses ongles vernis sur l'écran de son portable, reculant le moment de prendre contact avec son client, il avait déjà laissé plusieurs messages, c'est vrai que ça ne devait pas être facile, sa femme était enceinte jusqu'aux yeux.
Il allait pourtant falloir qu'elle se décide, c'est lui qui lui « offrait » ces trois semaines de « vacances » au soleil, loin du tumulte de la capitale, tandis qu'il avait installé femme et enfants à quelques kilomètres de là dans une villa luxueuse. Il lui avait proposé, en plus du séjour, une somme d'argent conséquente afin qu'elle l'aide à compléter les activités physiques que le devoir conjugal lui imposait.
Elle avait fait le calcul, en acceptant, elle pourrait s'arrêter six mois, elle se sentait lasse.
Pourtant, au début, elle n'avait trouvé que des avantages à cette activité. Elle travaillait quand elle voulait, elle posait ses conditions, son âge lui permettait de refuser certains clients. Elle avait appris à en connaître quelques-uns, elle en avait consolé beaucoup, certains avaient pleuré sous ses caresses, surpris de recevoir ce qu'ils n'étaient pas venus chercher. Ils venaient pour le sexe, ils trouvaient parfois ce dont ils ne soupçonnaient pas l'existence, et le sexe n'avait finalement pas grand-chose à voir là-dedans. L'un d'entre eux lui avait confié qu'aucune de ses épouses ou de ses nombreuses maîtresses ne l'avait jamais écouté comme elle savait le faire.

Le vent s'était remis à souffler, plus fort encore. Les feuilles de chênes verts qui recouvraient le sol s'amusaient avec Ernesto qui tentait, en vain, de les éloigner du bassin. Marina avait reposé son portable et écrasait des aiguilles de pins entre ses doigts, les hommes pouvaient bien prendre patience.

17

Ernesto passait patiemment l'épuisette à la surface de l'eau, Jean-Pierre avait tombé le marcel pour aller tremper prudemment quelques orteils dans l'eau un peu fraîche, Philippe était remonté dans sa chambre, et Tristan de Maresville faisait les cent pas, il semblait tendu, et lorgnait de temps à autre vers la seule image féminine du tableau dont les attributs pointaient insolemment vers un ciel parfait, ce qui n'était pas forcément la bonne méthode s'il ambitionnait de se détendre, il en avait conscience, mais que l'on essaie de tenir en laisse un bouledogue affamé devant un tournedos saignant.

Il n'arrivait pas à la joindre, son répondeur au message immature l'insupportait. Elle le prenait vraiment pour un con. Il avait pourtant réservé cette chambre d'hôtes deux jours de plus pour se consacrer à elle, avant le début de son congrès, dans une station balnéaire, à quelques dizaines de kilomètres de là, elle lui reprochait suffisamment de ne pas lui accorder assez de temps.

Depuis leur rencontre, c'était elle exclusivement qui menait la danse, il s'adaptait à ses envies, à ses caprices, la femme en général n'était de toute façon pas une sinécure, qu'on en trouve une seule pour lui prouver le contraire. Elle savait souffler le chaud et le froid mieux qu'aucune autre, et ce n'était pourtant pas l'expérience qui lui manquait, il avait connu plus d'une emmerdeuse. Elle pouvait passer une soirée à détourner la tête pendant tout le dîner, comme elle pouvait être la chose la plus douce et la plus dingue qui lui soit jamais arrivée, amener le ciel à terre, désintégrer tout ce qui ne faisait pas partie de l'instant, vous faire regretter de ne pas avoir trois vies devant vous pour profiter de ce qu'elle vous offrait dans ces moments-là.

Il ne comptait plus les fois où il l'avait attendue en vain. Ils ne prévoyaient jamais de se voir, cela dépendait de l'humeur de sa maîtresse. Elle le dérangeait pendant ses consultations, elle avait envahi son appartement, elle fumait dans sa salle de bains et vidait son pur malt vingt-cinq ans d'âge.

Et présentement, il se demandait si elle avait jamais eu l'intention de le rejoindre.

18

Chacun avait vaqué à ses occupations, la journée avait égrené ses heures chaudes et ventées, le soleil déclinait doucement, inondant de rose la façade et la vie tout autour.
Une odeur d'ail et d'oignons frits titillait les narines de Philippe, il s'approcha de la cuisine en salivant, Ernesto s'y affairait en sifflant. Il jetait des cubes de tomates dans le grand wok, et empoignait le manche du geste ferme de l'expert. La cuisine embaumait l'Italie, Philippe se versa un verre de chianti. Tout ce petit bazar grésillait gentiment, le vin râpait un peu la langue, Philippe piquait du parmesan fraîchement râpé sur la table, la soirée s'annonçait plutôt bien.

— Tou veux goûter ?

Ernesto avait avancé la cuillère en bois, une main sous le menton de Philippe. C'est ce moment-là que choisit Jean-Pierre pour faire irruption. Il se figea dans une posture Shakespearienne, se redressa vivement, comme une femme humiliée, et tourna les talons sans un mot.
Philippe avait gardé la bouche ouverte, il goûta quand même la sauce, rien à redire, du bonheur à l'état pur. Mais pour l'heure, il allait encore falloir s'attaquer à du lourd, comprendre quelle mouche avait piqué Jean-Pierre, il était fatigué.

19

Aucun nuage à l'horizon, pas trace des orages annoncés, Sophie avait posé de grands verres en cristal coloré sur la nappe ivoire dont les pans s'agitaient sous l'effet du vent. Marina s'était installée en bout de table, Tristan de Maresville venait de faire son entrée avec une chemise rose bonbon que Jean-Pierre n'aurait pas réprouvée et un pantalon de lin blanc, Ernesto amenait les petits machins pour l'apéro et les liquides essentiels.
Philippe déboula en sueur de la haie de lauriers roses, le tee-shirt collé au corps, il reprit son souffle, penché en avant, les mains sur les genoux.

— Quelqu'un a vu Jean-Pierre ?

Il avait posé la question plein d'espoir. Personne ne l'avait vu depuis qu'il avait quitté la cuisine comme une furie, traversant le salon jusqu'à leur chambre.

— Il est sans doute parti se balader, suggéra Sophie.
— Ça m'étonnerait, assura Philippe, en se grattant des piqûres d'insectes qui commençaient à enfler sur ses bras.
— Il s'est passé quelque chose ? demanda Sophie.
— Rien, affirma Philippe.
— Ben alors, qu'est-ce qui vous met dans cet état ?
—… Il m'a laissé une lettre.
—… C'est à dire ?
—…

Jean-Pierre avait déposé la feuille pliée en quatre sur l'oreiller. Philippe l'avait ouverte en soupirant, Jean-Pierre n'en était pas à son coup d'essai, tout était prétexte à des débordements de diva.

« Une fois de plus, tu m'humilies. Une fois de plus, tu donjuanises, sous mon nez et aux yeux de tous. As-tu la moindre idée de ce que l'on peut ressentir, quand on sait qu'à chaque instant où l'on tourne le dos, l'homme qu'on aime courtise peut-être une femme ?
Cette fois c'en est trop. Tant qu'il s'agissait d'une de tes pouffiasses, je savais que tu te lasserais, que tu me reviendrais. Mais un homme, comment peux-tu me faire ça ? Moi qui t'ai tout donné, qui ai renoncé à tout pour toi, qui me suis donné corps et âme, qui me suis consacré à nous ?
Ça ne t'a pas suffi.
Ne t'inquiète pas, tu n'entendras plus parler de moi. Plus personne n'aura à me supporter.
Je t'aime.
Adieu. »

C'en était affligeant. Néanmoins, avec Jean-Pierre, il fallait s'attendre à tout, il était risqué de prendre ce genre de menace à la légère. C'était son seul point commun avec Gérard, lui non plus n'avait pas de limite.

— Prenez ça, ça vous requinquera, assura Tristan de Maresville, en lui tendant un verre de whisky sans glace.

Philippe n'appréciait pas particulièrement ce breuvage, mais il y a des moments où tout est bon à prendre, où on n'a plus l'énergie de se demander ce qu'on aurait préféré, où on a juste envie qu'on vous foute la paix.
Jean-Pierre n'avait rien emporté avec lui, ses affaires étaient toutes dans la chambre, y compris son portable, c'est ce qui inquiétait le plus Philippe.
On avait tergiversé un temps, on avait émis des hypothèses, on s'était même demandé s'il n'était pas judicieux d'alerter la gendarmerie, il fut finalement décidé de constituer deux groupes et de sonder les alentours, dans la nuit qui s'avançait doucement jusqu'à eux.

20

Ernesto avait sorti des lampes torches, Philippe avait proposé ses bâtons de marche, il avait choisi de rester, au cas où Jean-Pierre rentrerait avant eux.

Tristan de Maresville s'était enfoncé dans la jungle avec Sophie, Marina avait chaussé des baskets et suivi Ernesto dans les restanques qui dévalaient de la propriété.

Philippe avait allumé une cigarette, dix ans qu'il avait arrêté, mais consciente de la tension dans laquelle il se trouvait, Sophie lui avait jeté le paquet sur la table avec un clin d'œil l'encourageant à se servir. En aspirant profondément la fumée, Philippe se demandait comment une telle jalousie, qui ne reposait sur rien, pouvait ronger Jean-Pierre. Certes, il avait parfois eu des raisons, la vie n'est pas linéaire, on a quelquefois la faiblesse de se laisser distraire de l'itinéraire convenu, il reconnaissait quelques incartades. Il avait pourtant pris toutes les précautions d'usage, mais Jean-Pierre n'avait pas son pareil pour les sentir, il savait les égarements à l'instant où ils se déroulaient, il était doté d'un radar pour ces choses-là.

Car Philippe avait beau aimer Jean-Pierre, il n'en restait pas moins attiré par les femmes. On n'efface pas une vie d'hétéro dans les bras d'un homme, aussi doué soit-il.

Pourtant, Jean-Pierre l'avait initié à des pratiques inconnues, il avait peu à peu découvert les avantages et les inconvénients de ces rapports particuliers. Les nuits s'étaient succédé dans une harmonie et une compatibilité inattendues, Jean-Pierre avait été admirable, d'une patience inégalée, d'une compétence remarquable pour arriver subtilement à ses fins.

Et à l'heure qu'il était, Dieu seul savait ce qu'il fabriquait, sûrement en train de se délecter des inquiétudes et tourments infligés, misérable petite vengeance d'un écart que Philippe n'avait même pas commis. Il espérait qu'il en était ainsi, il préférait cultiver la colère, ça maintenait à l'écart les hypothèses plus tragiques. Jean-Pierre n'avait pu partir par la route, ils étaient arrivés à pied. Un taxi aurait forcément été aperçu par l'un des hôtes. Et de toute façon, Jean-Pierre ne pouvait pas vivre une heure sans son portable, s'il l'avait laissé, le message était clair, il voulait en finir ou plus vraisemblablement le laisser croire, c'est cette seconde option que Philippe privilégiait en se grattant convulsivement ces saloperies de piqûres.

21

Tristan de Maresville était un peu déçu des équipes formées, quoique le pire eût encore été de devoir passer la soirée avec le bellâtre italien, il avait au moins évité ça.
Il marchait donc derrière cette femme, décidément peu féminine, malgré un physique correct, c'était quand même pas de bol, il ne pouvait même pas fantasmer un peu pour oublier ses déceptions affectives.
Car enfin, c'était bien là le problème, l'affectif déçu, surprenant pour quelqu'un comme lui qui s'était toujours enorgueilli de ne pas s'attacher, c'était peut-être l'âge, l'idée qu'une bonne partie du chemin était derrière, qu'un peu de tranquillité et de repos ne seraient pas nécessairement synonymes d'ennui.

— Prenez la torche si vous voulez, je n'en ai pas besoin.

La lune blanche et pleine faciliterait l'avancée et Sophie connaissait le chemin.
Elle avait décidé de s'occuper de cette partie du territoire, c'était le meilleur moyen d'éviter qu'un autre qu'elle ne tombe sur la terre meuble qui recouvrait le corps soigneusement emballé dans plusieurs sacs à gravats, réputés pour leur solidité, ce n'était pas l'idéal, mais c'était tout ce qu'elle avait trouvé. Elle avait profité de l'après-midi et des volets fermés des hôtes, Ernesto s'étant quant à lui abandonné dans le hamac accroché au grand marronnier.
Les parties du corps en contact avec les parois du congélateur avaient commencé à y adhérer. Elle avait dû gratter la glace avec une pelle à rempoter, puis avec la lame d'un couteau à pain, pour décoller un genou inaccessible sous l'autre... Elle avait envisagé toutes les possibilités, essayé de repasser les sangles sous le corps gelé, mais rien à faire, congelé, il semblait peser encore plus lourd. Elle avait finalement opté pour le basculement de l'appareil. Elle avait placé de vieilles couvertures à l'avant, pour amortir le choc, puis avait attaché

des cordes sur la poignée centrale, en priant pour qu'elle ne s'arrache pas, l'appareil datait heureusement d'une époque où on ne lésinait pas sur la qualité des matériaux.
Même amoindri, le bruit produit par la chute lui avait semblé assourdissant. Elle avait donc patienté fébrilement un bon quart d'heure, priant pour que personne n'intervienne, avant d'enrouler les sangles autour du corps, sangles elles-mêmes reliées à une corde par des mousquetons. Elle avait fini par l'extraire, s'échinant pour décoller les parties récalcitrantes des parois.
Elle avait glissé un sac de cent trente litres au niveau de la tête, le descendant progressivement jusqu'aux pieds, centimètre par centimètre, l'opération n'avait pas été aisée, le corps ayant gelé en accordéon. Elle avait renouvelé l'opération deux fois, en commençant par les pieds, puis de nouveau par la tête.
Le tout avait été saucissonné avec du scotch de déménagement puis sorti de la cave par l'arrière de la maison, qui donnait directement sur la colline. Elle avait pris soin, en fin de matinée, d'y apporter une espèce de traîneau de fortune, constitué de branchages, que les guides de montagne apprennent à fabriquer pour déplacer d'éventuelles randonneuses qui ont surestimé leurs capacités, et qu'elle avait rapidement bricolé l'hiver précédent pour transporter un chevreuil blessé jusqu'à la propriété. Elle avait hissé les sacs et leur contenu sur le radeau mortuaire, en y coinçant bêche et pioche.
Traîner le corps n'avait pas été une mince affaire, les sentiers qu'elle avait empruntés n'étaient pas larges, elle avait dû le dégager plusieurs fois des racines dans lesquelles il s'était coincé. Dégoulinante au cœur de cette après-midi infernale, elle avait creusé, une vraie galère dans cette terre aride dont il fallait d'abord extraire la couche superficielle de pudding, constituée de galets agglomérés, avant de pouvoir espérer s'enfoncer un peu dans la terre. Le bruit de la pioche martelant la roche risquait d'attirer l'attention, elle avait accéléré l'allure. Elle avait fini de recouvrir le corps de terre avec ses mains, à quatre pattes, comme un animal. Elle avait ajouté des pierres et quelques branchages, pour dissimuler la terre meuble.
Elle avait ensuite contemplé son œuvre, satisfaite du travail accompli, assise sur la souche d'un arbre, en fumant une clope et en se curant les ongles noircis avec une brindille.

22

Marina talonnait tant bien que mal Ernesto, qui dévalait la colline sans trop se soucier de savoir si elle arrivait à suivre, elle n'était pas habituée à arpenter la campagne, dans la pénombre qui plus est, sur des chemins pleins d'obstacles. Bizarrement, ça lui plaisait plutôt qu'un homme la traite comme un copain de régiment. Il n'avait pas décoché un mot depuis le départ, drôle de type, quand même, visiblement complètement hermétique à ses charmes, plus d'un en aurait profité pour tenter de s'engouffrer dans la brèche de cette sortie nocturne inopinée.

— Merde !...

Elle avait réussi à se faire mal, se prenant la cheville dans la racine d'un chêne vert. Elle s'était demandé où elle se trompait, car elle avait souvent remarqué qu'une pensée inappropriée, un raisonnement erroné, ou le fait de se mentir à soi-même, donnait lieu à ce genre d'incident, une poutre qu'on percute, une marche que l'on rate, une coupure…

— Tou t'es fait mal ? Ça va ? s'était-il enquis en dirigeant le faisceau de la torche vers la cheville… C'est rien, tou mets ça et ça va passer.

Il lui avait tendu un vieux tube sorti de son sac à dos, elle s'était massé la cheville vite fait, elle sentait son regard dans son dos. La douleur s'était rapidement estompée. Ils étaient repartis aussi sec, braquant la lampe en direction de chaque embranchement du sentier, et appelant Jean-Pierre régulièrement.
Ernesto avait sondé l'intérieur d'une borie, refuge idéal, abrité et frais. Toujours pas de Jean-Pierre, on l'aurait pourtant bien imaginé, boudant les bras croisés dans la cabane en pierre sèche.
Marina commençait à se lasser de cette virée imprévue, elle avait mal

aux pieds. Bien qu'à sa pointure, les baskets de Sophie lui entamaient la peau. Marina regrettait déjà les nuits citadines.

— Tou sais pas où t'en es, hein ?
— Pardon ?
— ...

Il s'était contenté de la fixer, avec un regard qui signifiait « Allez, on me la fait pas… ». Il était pas un peu con, ce mec ? ! Qu'est-ce qui lui prenait ?
Elle avait continué à le suivre à l'aveuglette, mais curieusement, la crainte de se blesser avait disparu. C'était comme si le regard d'Ernesto était resté planté en elle, son visage éclairé par la lune, alors qu'il lui tournait maintenant le dos et traçait droit devant.
Des images du passé, incongrues en ces lieux, lui étaient alors revenues, avec toujours les yeux noirs et perçants de l'italien en arrière-plan. Les choses arrivaient en vrac, sans logique, de préférence choquantes, brutales et douloureuses.
Le plus étrange était l'acuité des perceptions et des sensations en lien avec des événements ou des personnages de son passé. Marina avait l'impression de revivre là, en un instant, des scènes complètes de sa toute petite enfance ou de son adolescence.
Les images avaient continué de défiler dans un ordre qui semblait aléatoire, les émotions réapparaissaient, avec la même intensité qu'alors, des années auparavant. Sa respiration s'était progressivement accélérée et amplifiée. Malgré son étonnement et son incompréhension de ce qui était en train de lui arriver, elle avait réussi à laisser les choses se dérouler.
Elle avait refait surface au détour d'un rocher. Tout était redescendu, il ne restait rien, aucune image, aucun sentiment. Sa respiration s'était apaisée, sa poitrine relâchée, elle avait réalisé qu'Ernesto et l'image qui avait imprimé ses rétines l'instant précédent avaient disparu de son champ de vision, elle n'avait pas la moindre idée du temps qui s'était écoulé.
Elle l'avait finalement entendu pisser derrière un buisson en susurrant une comptine italienne. Il l'avait rejointe sans un mot, s'était planté devant elle, elle avait cru déceler un sourire moqueur sur ses lèvres.

— Il s'est passé un truc de bizarre, là... Je ne suis même pas sûre que...
— Tiens, lui avait-il intimé en lui tendant une bouteille de chianti à demi-pleine. Tou té poses trop dé questions et tou bois pas assez !

23

Sophie avait soigneusement évité la zone, elle les avait dirigés vers le nord, Tristan de Maresville commençait à peiner dans la côte. Il se disait qu'il aurait peut-être dû sacrifier un peu de son temps à s'entretenir, que garder la forme était indispensable dans sa situation, qu'assurer sur tous les fronts nécessitait de s'en donner les moyens.
Il était fatigué, difficile de tenir le rythme imposé par sa dernière folie, l'envie y était mais le corps peinait, se faire réveiller au milieu de la nuit quand il fallait assurer le lendemain, ça ne pourrait pas fonctionner bien longtemps.
Il n'avait encore pu se résoudre à réviser ses prétentions, les femmes de son âge ne pouvaient pas lui convenir, le cœur n'y serait pas. Mais il lui fallait pourtant regarder la réalité en face. Sa chair s'amollissait, ses performances devenaient aléatoires, le temps ne l'épargnerait pas indéfiniment.
Pour l'heure, il se retrouvait en train de bousiller son pantalon dans les ronces, en compagnie d'une nana qui ne l'inspirait pas franchement, alors qu'il aurait dû être en train de batifoler avec une autre, la vie faisait exactement ce qu'elle voulait, qui pouvait encore prétendre qu'on avait le choix ?
La lune illuminait l'ensemble d'une lueur pâle, quelques animaux apeurés glissaient dans la pénombre, du sol montait l'odeur des aiguilles de pins encore tièdes.

24

Le prénom retentissait dans la nuit, rebondissait au loin, sur les rochers. En vain, Jean-Pierre restait introuvable.
Sophie et Tristan de Maresville étaient encore loin, on les entendait au-dessus des pitons rocheux qui surplombaient la propriété, une pierre glissait parfois sur leur passage avant de chuter dix mètres plus bas.
Marina avait remis ses pas dans ceux de l'Italien, comme au début d'une aube nouvelle. Elle se sentait détendue, ne se souvenait pas avoir ressenti cela sans une assistance extérieure, substance illicite ou orgasme remarquable. Elle était naturellement détendue. Et en même temps, elle ne cherchait même pas à analyser son état ni ce qui s'était passé. La chose était, nul besoin de l'examiner.
Ernesto continuait à s'activer, explorant chaque buisson, chaque recoin. Elle se demandait d'où il sortait. Homme à tout faire, il avait pourtant indubitablement d'autres ressources, qu'est-ce qu'il foutait là ?
Les quatre s'étaient rejoints au milieu d'un champ de lavande dont les fleurs étaient presque à maturité, et c'est dans un cabanon qui le jouxtait qu'ils l'avaient trouvé, les yeux mi-clos, couché à même le sol.

25

Jean-Pierre semblait dans un sale état, si l'on s'en référait au rictus qui faisait oublier la finesse de ses traits. Il gémissait, un râle d'agonisant s'échappait de ses lèvres pulpeuses, c'était d'ailleurs la seule partie de son anatomie qu'il avait de charnue. Il se tenait la cheville droite à deux mains, il hurla quand Tristan de Maresville tenta d'y poser la sienne, il savait bien ce qu'était une entorse, nul besoin de vérifier, inutile d'en rajouter.
La cheville était déjà bien enflée, impossible de lui faire poser le pied à terre, Ernesto et le médecin avaient entrecroisé leurs mains sous les fesses de Jean-Pierre, et avaient porté l'éclopé qui braillait à chaque mouvement imprévu, c'est-à-dire à chaque instant, le chemin pentu qui menait à la propriété étant constitué de pierres instables qui se dérobaient à chaque pas.
Jean-Pierre semblait se délecter de toute l'attention qui lui était portée, les autres étaient soulagés que l'attraction prenne fin, la fatigue commençait à se faire sentir.

Des notes de piano s'échappaient délicatement du salon ouvert sur la nuit, la chaîne distillait the Köln Konzert, la musique était censée adoucir les mœurs, ça restait encore à prouver.
Philippe était accoudé à la grande table de la terrasse, il n'avait pas bougé d'un poil à l'arrivée de leur drôle d'équipée, il les avait juste suivis d'un regard noir.
Sophie avait noté que le niveau du liquide dans la bouteille de whisky avait sensiblement diminué, et que le paquet de cigarettes y était passé. Philippe avait manifestement pris une longueur d'avance.

26

Sophie avait alterné des bains d'eau glacée puis très chaude pour faire dégonfler la cheville, Tristan de Maresville l'avait bandée, Jean-Pierre s'était laissé faire. Ernesto avait rallumé le gaz sous les casseroles, Marina avait ôté ses baskets et laissait ses jambes se rafraîchir, assise sur la margelle de la piscine.
Un répit semblait envisageable, l'atmosphère abritait cependant quelques particules électriques qui attendaient leur heure.
Sophie s'était servi un verre, et s'était assise près de Philippe.

— Ça lui arrive souvent ?
— Ohhh… je ne les compte plus !

Philippe était exténué comme jamais, il lui semblait être arrivé au bout du bout, il se souvenait pourtant s'être fait la remarque un paquet de fois, s'être dit : « Cette fois, c'est fini. Cette fois, c'est la dernière. » Et il y avait toujours eu un truc, un regard, un geste, un rien qui fait qu'on se dit que peut-être…

— C'est très… féminin, comme plan, non ? !
— C'est ça… Il n'en a pas toutes les caractéristiques, mais il a choisi les meilleures.

Philippe se savait injuste. La rancœur, la fatigue et l'alcool le rendaient acerbe. Quand Jean-Pierre affirmait dans son testament à deux balles qu'il lui avait tout donné, c'était un peu exagéré, mais en y réfléchissant bien, on n'était pas loin de la vérité.

— Et vous, vous êtes ?...
— … Homo ? Pas du tout. Mais alors, vraiment pas !
Au loin, une chouette entamait paisiblement son tour de garde.

— Et ça vous est venu comment ?
— Ben j'en sais rien... J'ai eu un instant de doute, mais pas plus... C'était insensé, je n'avais jamais regardé un mec de ma vie, mais lui... C'était... je ne sais pas... une évidence, quoi.

Philippe regardait la lune, elle avait la bouche en coin, elle se foutait de sa gueule, ni plus ni moins. Elle semblait sous-entendre qu'il n'était pas plus malin qu'un autre, qu'il n'était pas exempt de se trouver parfois juste au mauvais endroit au mauvais moment, victime d'un phénomène incompréhensible susceptible d'engendrer des années de galère.

— Et alors, c'est plus simple, entre personnes du même sexe ?
— Pas vraiment, non ! Dire que je trouvais les nanas chiantes ! Vous n'avez pas idée de ce que je me suis vu.

Philippe venait de se resservir, au stade où il en était, il était inutile de se restreindre, la jauge n'indiquait plus rien.

— En même temps, c'est vrai qu'il m'a tout sacrifié...
— Ah oui ?
— Hmmm... Il était travesti, il se produisait dans les plus grandes boîtes parisiennes, et c'était toute sa vie. Il a tout plaqué quand on s'est rencontrés, je n'assumais pas de vivre avec cette ambiguïté. Je serais un ingrat... et un enfoiré de ne pas m'en souvenir. C'est vrai que je me suis parfois conduit comme le pire des salauds... je savais qu'il était là, à m'attendre, que je ne risquais rien. Il n'y a pas si longtemps que ça, j'ai décidé de... Prendre du recul, de laisser la vie venir, de me laisser porter. J'ai voulu prendre un appart... je suis tombé des nues quand il m'a dit ce que notre relation représentait pour lui. Il a tout accepté. Je ne savais pas que ça pouvait exister.
— Quoi donc ?
— Ben, une telle... abnégation, un amour absolu, sans limites et sans condition.
— Et vous êtes quand même parti ?
— Si on veut... C'est devenu... l'appart en question est devenu une

sorte de garçonnière, mais je rentrais toujours. Disons que c'était moins sordide que l'hôtel... enfin... c'est ce que je me racontais.

Jean-Pierre était à l'époque resté calme, il n'avait pas eu l'énergie de la colère, les choses sérieuses avaient parfois raison de sa fougue. Quand Philippe lui avait fait part de son projet de vivre sa vie, l'annonce avait pourtant eu l'effet d'une bombe, les cheveux de Jean-Pierre avaient blanchi en une nuit, le blond platine et étrange qu'il affichait aujourd'hui était l'œuvre d'une amie coiffeuse dont les conseils capillaires restaient discutables.
Les semaines qui avaient suivi l'annonce de la double vie que Philippe comptait désormais mener, Jean-Pierre avait cessé de s'alimenter, Philippe lui avait maintenu la tête hors de l'eau le temps nécessaire. Puis Jean-Pierre avait accepté les termes du contrat, en avait-il eu le choix ? Philippe avait vécu comme il l'avait souhaité, sans restriction aucune, sa nouvelle vie s'était installée sans perte ni fracas.
Les petits matins lui revenaient en mémoire, quand il rentrait et qu' il trouvait Jean-Pierre sur la terrasse, quelle que soit la saison. Celui-ci, contre toute attente, n'avait jamais sombré dans l'hystérie. Philippe le prenait parfois dans ses bras, le sentait trembler de l'intérieur, complètement transi. Il se mettait en mode survie, il semblait ne rien ressentir, pas même la morsure du froid.

— Je vais mourir. Sache-le. Si tu pars, si tu ne reviens pas, j'en mourrai. Je ne peux pas t'imaginer heureux ailleurs, avec quelqu'un d'autre. J'ai besoin de ta peau, que tu sois là. Pars, mais reviens toujours. Promets-moi de ne rien me dire, de ne rien sous-entendre de ce que tu vis quand tu n'es pas là, et d'être avec moi VRAIMENT quand tu reviens.

Philippe se remémorait mot pour mot les déclarations de Jean-Pierre en cette période trouble. Ses propos étaient souvent excessifs, mais là, il n'avait pas douté un seul instant de leur sincérité.
La nuit avait apporté de la compagnie à la lune pleine, des pépites truffaient l'écran noir. L'endroit était réputé pour la pureté de son ciel,

un observatoire astronomique s'était construit à quelques kilomètres.
Abandonnée à la renverse, les mains croisées derrière la tête, Sophie contemplait le ciel, paisible et immuable, assurance d'une certaine stabilité quand tout était susceptible de vaciller au gré des intempéries humaines, inévitables autant qu'admirables.
L'incandescence intermittente de la clope de Philippe, telle un détecteur de fumée, maintenait la vigilance au ras du sol.

27

Tristan de Maresville avait ôté son pantalon et l'avait jeté dans la poubelle de la salle de bains. Il avait revêtu un pantacourt de coton blanc, et dévalait le grand escalier de marbre, y croisant un Jean-Pierre qui semblait avoir mis la course à béquilles au menu de ses pratiques sportives, et s'entraînait intensivement en passant d'une marche à l'autre avec un acharnement indécent à cette heure.
C'était bien la peine d'avoir bousillé la soirée, Tristan de Maresville n'avait rien contre ceux qui ne partageaient pas ses préférences sexuelles, mais celui-là était de toute évidence un spécimen redoutable, de quoi vous faire relativiser la complexité et les mystères de la psychologie féminine.
Il arriva en soufflant dans la cuisine, où Ernesto officiait comme on pouvait s'y attendre, avec des gestes efficaces mais sereins, pieds et bras nus, la fraîcheur nocturne ne semblait pas avoir de prise sur le gaillard. Il tailladait, touillait, humait, goûtait, ajoutait de quoi réchauffer l'ambiance, cherchait l'accord parfait, la pincée du bon ingrédient au bon moment.
Tristan de Maresville avait fait tourner le siège du tabouret pour se mettre à la hauteur du plan de travail de l'îlot central. Son estomac gargouillait, mais il n'avait d'autre choix que de se rabattre sur quelques tomates cerises qui traînaient dans une assiette creuse. Il les cueillait avec un cure-dent, en admirant la valse d'Ernesto, la délicatesse du ballet de ses va-et-vient du four au frigo, l'application et le cœur qu'il mettait dans chaque geste, dont aucun n'avait plus d'importance qu'un autre. La beauté émergeait de l'ensemble, tour de magie fascinant où casseroles et poêles se donnaient la réplique avec une fluidité stupéfiante.
La fatigue expliquait sans doute ce moment d'attendrissement, devant un homme aux fourneaux, quoi de plus ?

— Tou aimes l'origan ?
—… Euh, oui.

Ernesto raclait le fond de la poêle avec une spatule en bois.

— Et les femmes ?
—... ? Quoi : « les femmes » ?
— Ben tou les aimes… ou pas ?
—… et bien ma foi, oui… enfin, comme tout homme !
—… C'est soûr…
— Vous ne les aimez pas, vous ?
— Si, bien soûr… Enfin, j'en aime « certaines », mais jé les aime pas « toutes ».
—…

Tristan de Maresville avait posé son portable sur le plan de travail et en caressait l'écran du majeur. Qu'est-ce qu'il sous-entendait ?

— Je vous rassure, moi non plus je ne les aime pas toutes.
— Ah non ?
—… Hé bien non. La plupart me laissent de marbre, fort heureusement !... Dans ma profession, c'est préférable !
— Et tou fais quoi, comme travail ?
— Gynécologue.
— Ah… mais alors c'est pas les femmes qué tou aimes…
—… Je ne vous suis pas ?
— C'est LA Femme !

Tristan de Maresville faisait tourner adroitement le cure-dents entre ses doigts.

— Oui, c'est pas faux… C'est LA Femme que je cherche à aider,... médicalement parlant.
— C'est pas vraiment cé qué jé voulais dire.
—... ?
— Cé qué tou aimes, c'est l'idée qué tou en as, cé n'est pas la VRAIE femme, pas celle qué tou as en face dé toi, avec les fesses molles et les seins qui tombent.

28

Sophie avait sorti un grand plateau de vaisselle estivale et la disposait en silence sur des sets de bambou. Marina s'était approchée de la grande table, arborant un visage aux tons de la nuit, sombre et profond. Sans un mot, elle avait aidé la maîtresse de maison, elle donnait l'impression de n'avoir jamais fait ça, c'était marrant à voir.
Sophie avait observé la jeune femme, un mélange de rigidité et de sensualité, un visage ce soir fermé, sur un corps souple et adolescent, difficile de savoir de quel côté la ranger. Elle semblait faite pour plaire, et en même temps en être lasse, ou déçue, ou peut-être un peu des deux.
Sophie commençait à échafauder des hypothèses, quand les autres convives les avaient rejointes, excepté Jean-Pierre, qui s'était éclipsé dans sa chambre, redoutant sans doute le courroux de son partenaire.
Tristan de Maresville avait semblé ne pas vouloir prendre de décision quant à la chaise qu'il occuperait, il avait glissé ses longues mains soignées dans les poches de son pantacourt, laissant aux autres le soin de trancher.
Philippe n'avait pas semblé concerné, Sophie les avait laissés se démerder, on n'était pas à l'école, il ne fallait quand même pas trop lui en demander.
Finalement, Marina avait investi le bout de table, et semblait déjà le regretter. Philippe et le médecin avaient pris place à ses côtés, elle s'était sentie cernée.
Sophie s'était assise à la droite de Tristan de Maresville, sans faire l'effort de lancer la conversation. Elle avait noté que la colère contenue de Philippe semblait avoir fait place à un certain abattement.

— Faités dé la place ! avait lancé Ernesto en arrivant avec un grand plat de lasagnes. Quelqu'un pourrait m'aider pour améner lé reste ?

Philippe s'était levé, péniblement, emboîtant le pas au cuisinier qui avait discrètement évalué son taux d'alcoolémie, c'eût été dommage de réduire à néant le résultat d'heures de patience culinaire.

29

— Vous êtes de la région ? avait tenté Tristan de Maresville, en se penchant vers l'hôtesse, avec un regard faussement pénétrant, comme si la réponse lui importait vraiment.
— Non.
— Ah bon, avait obstinément poursuivi le gynécologue. Mais vous semblez connaître parfaitement les lieux ?
— Ça fait un petit moment que je suis dans le coin, c'est vrai… s'était adoucie Sophie.

Il lui suffisait de repenser à cette nature, belle mais pourtant sèche et parfois inhospitalière, pour qu'elle accepte de relâcher un peu les épaules et la méfiance. C'était ici qu'elle avait trouvé refuge, au milieu de cette végétation plus aride et sauvage qu'elle. Mais en cet instant, elle revoyait les sacs à gravats enfilés les uns sur les autres. Elle avait eu beau fuir, le truc l'avait rattrapée. Le problème non résolu d'alors venait de lui être resservi, encore plus indigeste, car inattendu.

Une fois qu'il eût amené la sauce et la salade, talonné par Philippe qui semblait terrassé par le poids du plateau, Ernesto alluma de petites bougies dans des photophores multicolores, dispersés sur la table. Elles suffisaient à faire trembler les ombres, l'éclairage de base étant apporté par la lune.

— Et vous ? avait continué Tristan de Maresville, en se tournant vers Marina.
— Moi ? avait-elle demandé comme si on l'accusait d'un crime qu'elle n'avait pas commis.

Marina avait joint les mains entre ses jambes croisées, elle avait resserré les épaules, se voûtant légèrement, comme prête à encaisser les salves. Elle venait de sortir de l'engourdissement qui n'avait mis

que quelques minutes à s'installer, autant elle pouvait être dans son élément en tête à tête, elle perdait à l'inverse toute confiance au milieu du monde.
Si les grandes tablées lui étaient carrément insupportables, le simple fait de se retrouver bloquée à table en présence d'inconnus, même en petit comité, suffisait à la mettre mal à l'aise, elle avait vite fait de se couper des autres convives. Assez vite, leurs voix lui parvenaient comme d'un monde lointain. Une sensation de malaise naissait à la base des cervicales, et envahissait peu à peu le bulbe rachidien et les deltoïdes. Elle se retrouvait comme flottant au-dessus de la réalité, pas vraiment absente, pas vraiment là non plus.

— Je… je vis sur Paris.
— Et qu'est-ce que vous y faites de beau ?

Si on te le demande… La question embarrassante par excellence. Marina avait l'impression que chaque convive connaissait la réponse et attendait de voir comment elle allait s'en sortir. Elle n'avait pas osé lever les yeux, elle savait que si l'expression de l'un d'entre eux corroborait ses craintes, elle allait rougir, bafouiller,...
Elle avait pris sur elle et avait relevé la tête. Elle avait croisé le regard pénétrant d'Ernesto, qui avait pris place à côté de Philippe, et son sourire l'avait encouragée.

— Je suis escort…

30

Philippe manqua s'étouffer dans son gros verre de cristal, Sophie en garda la bouche ouverte, et Tristan de Maresville, un instant décontenancé et semblant près de perdre son assurance, se reprit assez vite :

— Vraiment ? C'est intéressant…

Il détourna les yeux de Marina et consulta l'écran de son portable qui avait émis un léger signal.
Le sujet semblait clos, ça soulageait tout le monde, excepté Marina.
Alors c'était tout ?
Elle s'était mise à poil et on allait en rester là ?
Elle se redressa sur sa chaise, oubliant que l'instant d'avant elle ne songeait qu'à s'y enfoncer jusqu'à disparaître et se lança :

— Oui, effectivement, c'est intéressant.

Tristan de Maresville avait cette fois accusé le coup. Il eût été si simple d'attendre que le silence assainisse l'affaire, qu'un autre propos fasse diversion, qu'est-ce qui lui prenait d'enfoncer le clou ? Qu'on ne compte pas sur lui pour s'embourber. Il observa ses ongles d'un air déterminé à passer à autre chose, il avait fait l'effort de lancer la conversation, la balle était dans leur camp.

— C'est-à-dire ?

Les regards avaient convergé vers Philippe, qui semblait être sorti de sa torpeur, quoique encore avachi sur son fauteuil. Il avait froncé les sourcils en repoussant sur le nez la fine monture des lunettes à écailles qui rehaussaient subtilement le vert de ses yeux. Alors qu'il n'avait plus manifesté d'intérêt quelconque pour la vie autour de lui depuis le retour de Jean-Pierre, le sujet semblait avoir piqué sa curiosité.

— Eh bien... il ne s'agit pas juste de « sexe ». Enfin, souvent, il y a autre chose.
— Des… sentiments, c'est ça ?
— Non, bien sûr que non !... Quoique tout peut arriver, mais bon, l'attachement affectif, je suppose que ça reste anecdotique. Non, ce que je veux dire, c'est que les patients… oups ! Pardon, je veux dire les « clients » ne savent pas toujours pourquoi ils sont là.
— Et c'est vous qui mettez le doigt dessus, c'est ça ?
— La formule n'est pas forcément bien choisie, mais bon… Disons qu'ils peuvent apprendre des choses sur eux-mêmes qu'ils étaient à des lieues d'imaginer.
— Ouais, je vois…
— Mais non, vous ne voyez pas. Je ne parle pas de performances !

Philippe se redressa difficilement, les boutons de la chemise slim-fit noire qui le boudinait laissaient entrevoir les poils sur sa poitrine, assortis aux cheveux grisonnants, relevés en catogan, qui camouflaient habilement un début de calvitie sur le sommet du crâne. Il sourit pour la première fois de la soirée, plissant les yeux sous les volutes de fumée, amusé par cette nana sans fard ni retenue. Il allait peut-être se faire une copine, il n'en avait guère d'ailleurs, ce n'est pas sous cet angle qu'il avait l'habitude de considérer les femmes.
Sophie s'était levée pour emplir les assiettes, Ernesto ne le ferait pas. Il avait annoncé la couleur à son arrivée sur le domaine. C'était une question de principe, a priori le seul aspect macho du personnage, sa mère et toutes les femmes de sa famille assuraient qu'un homme ne servait pas à table.
Les assiettes fumantes ramenèrent l'attention sur l'essentiel, le ventre, le vital. Le cliquetis des fourchettes avides accompagnait les cigales, qui annonçaient l'installation des fortes chaleurs.

31

I put a spell on yoooooou…
Nina Simone avait pris possession du salon, sa voix grave, quelque part entre souffrance et espoir, parvenait langoureusement jusqu'à eux. Le choix n'était imputable qu'à Jean-Pierre, seul absent de la tablée, sans doute en proie à un élan sentimental, à deux doigts de la déclaration publique.
Distrait un instant par les effets de style de Jean-Pierre, Philippe se racla la gorge et revint à l'attaque :

— OK, c'est quoi alors, ce que vous leur apprenez ?
— Ce n'est pas moi qui leur apprends quoi que ce soit, disons qu'ils ressentent parfois des choses, ou des émotions qu'ils avaient enfouies.
— En gros, c'est une sorte de… thérapie, quoi ?
— Ben… je n'aurais pas dit ça comme ça, mais… oui, finalement, c'est un peu ça.

Tristan de Maresville arborait de nouveau un petit sourire qui en disait long sur le peu de crédit qu'il accordait aux propos d'une jolie fille, et Ernesto caressait sa barbe naissante.

— En clair, tou veux dire qué tou fais ça par… « compassion » ?
— Eh bien, à la base, je le fais pour gagner ma vie, mais je reconnais que ce que ça peut leur apporter est peut-être une sorte de… satisfaction.
— C'est vrai que vu comme ça, ajouta Tristan de Maresville, ça a un côté presque… noble.
— Et en quoi le serait-ce moins qu'autre chose ? demanda Sophie, presque agressive.
— Oh, en rien, en rien, il faut bien vivre. Je pense que la prostitution rend bien des services !

La fatigue avait profité du silence gêné qui avait suivi pour reprendre du terrain, on avait évité de peu le passage en revue de tous les lieux communs sur le sujet, les handicapés, les psychopathes en puissance, tous les rebuts de la société.
Les bâillements irrépressibles avaient sonné la fin du repas, Sophie et Ernesto commençaient à débarrasser, une légère humidité faisait frissonner les convives.
Tristan de Maresville avait enfilé le fin lainage blanc qu'il avait jusque-là gardé sur les épaules, les manches élégamment nouées sur le torse. Le look typique des quinquagénaires bien établis dans l'assurance financière d'une situation enviable, fruit d'une vie consacrée à travailler plus pour gagner plus, qui s'accordaient quelques semaines sur leur voilier amarré dans le port d'une station où il fallait être vu.
Sophie abhorrait ce genre de personnage et trouvait étrange qu'il ait choisi un endroit reculé comme son domaine, où il n'aurait guère l'occasion de briller. À moins qu'il ait eu besoin d'un lieu discret pour accueillir celle qu'il appelait pudiquement sa femme, à d'autres !

32

Elle était entrée dans la cuisine avec la dernière pile d'assiettes, et elle avait trouvé Ernesto dépité devant le lave-vaisselle.

— Jé crois bien qu'il a rendou l'âme. Il est vieux, non ?
— Ben j'en sais rien, il était là quand j'ai acheté.
— Tou peux toujours appéler oun réparateur, mais pour cé week-end, jé crois bien qué c'est mort !

Encore une dépense imprévue, on aurait dit que la vie s'acharnait à lui appuyer sur la tête dès qu'elle s'imaginait pouvoir enfin la sortir de l'eau. Elle avait soupiré en s'emparant d'un torchon, tandis qu'Ernesto avait mis la vaisselle à tremper et commençait à gratter les cochonneries qui adhéraient au fond des plats.

— Tou té rongé les ongles ?

Il la lorgnait en souriant, elle avait ôté précipitamment les doigts de la bouche.

— Tou as peur dé né pas t'en sortir ?

Elle lui avait exposé rationnellement les motifs de ses inquiétudes, alignant chiffres, arguments et liste d'avaries.
Il l'avait laissé parler, se contentant de la fixer avec ce mélange de bienveillance et de scepticisme qui agaçait Sophie au plus haut point.

— Quoi ?
— Tou donnes souvent l'impression dé… comment dire… comme si tou étais toujours en apnée, comme si tou… serrais les fesses !

Sophie s'était cambrée, arrêtant d'essuyer, Ernesto continuait stoïquement à empiler la vaisselle dégoulinante sur l'égouttoir du grand évier en pierre. Il s'était tu, lui épargnant les commentaires dont il avait le secret, ces petites phrases énigmatiques dont elle se serait passée. Après tout, ce n'est pas pour ses conseils psycho-philosophiques qu'elle l'avait engagé. Soulagée qu'il n'en rajoute pas, elle avait repris sa tâche.

— Tou sais, l'argent c'est comme l'amoré, il faut qué ça circoule. Et s'il y a oun barrage, ça né circoule pas.
—... Comprends pas. C'est quoi ces conneries ? J'essuie galère sur galère, je n'invente rien, c'est pas une vue de l'esprit !

Sophie bouillait. Elle ne demandait pas l'impossible, tout semblait pourtant lui être refusé, à peine entamait-elle quelque chose que ça virait au désastre.

— Tou as pas rémarqué qu'il y a des jours où tous les feux sont verts, où tou trouves oun placé pour té garer alors qué ça té paraissait immpossiblé ?
— ... Ouais, peut-être... J'ai jamais trop fait attention...

Le torchon caressait les verres en cristal, des bribes de rires parvenaient dans la cuisine par l'étroite et longue baie entrouverte qui surplombait l'évier.

— Et d'après toi, c'est dû à quoi, les... feux verts ?

Ernesto avait reposé l'éponge. Il avait croisé les bras et s'était adossé au plan de travail.

— Jé crois qué les feux sont verts quand tou es disponible, quand tou laisses la vie entrer en toi.
— OK, et d'après toi, je ne laisserais pas la vie « entrer » en moi ?

Ernesto avait pris le temps avant de répondre.

— Pour qué ça rentré, il faut pas avoir peur qué ça sorté.

— Que ça « sorte », mais de quoi tu parles, là ?
— Ben de tout, et toi, tou né laisses rien sortir. On dirait qué tou retiens tout.
— Et qu'est-ce qui te permet de dire ça ?
— Tes mains.
— ... ? ?

Il s'était approché, lui avait saisi le poignet gauche un peu brutalement, ne lui laissant pas le temps d'esquiver et avait caressé la paume de Sophie de son index.

— Elles sont moites.

Et il l'avait plantée là, avec les pores qui trahissaient sa peur.

33

Philippe n'en croyait pas ses yeux. À la fin du repas, il n'avait même pas envisagé de rejoindre sa chambre, Jean-Pierre devait l'y attendre en feignant de dormir ou en faisant la gueule, assis les bras croisés contre la tête de lit, il visualisait assez bien la scène. Dans un cas comme dans l'autre, la prise de tête serait inévitable. Au pire, il avait repéré de gros plaids sur les canapés du salon, susceptibles d'accueillir ses dernières heures d'insomnie.
En attendant, il avait fait une première étape sur un transat, au bord de la piscine. Le vent était retombé en début de soirée et Philippe n'était pas frileux, il s'était détendu.
Tel un coup de feu, le plouf d'un plongeon imparfait l'avait sorti du demi-sommeil qui l'avait sournoisement assailli.
Philippe avait ouvert un œil, puis assez rapidement le deuxième, les projecteurs du bassin ne laissant aucun doute sur le fait que la coupable, qui avait entamé une longueur, avait visiblement oublié son maillot.
Une brasse coulée des plus fluides à l'aller, le retour en dos crawlé, histoire de permettre d'apprécier l'ensemble du potentiel.
Il eut une pensée émue pour Gérard, quel dommage qu'il n'ait pas fait cette randonnée en sa compagnie, aucune contrariété matérielle ne serait venue assombrir la balade, Gérard, à l'opposé de Jean-Pierre, savait se contenter du minimum, pour peu que l'essentiel soit au rendez-vous. Ce soir en particulier, il n'aurait pas regretté la semaine d'efforts nécessaires pour enchaîner les dénivelés caractéristiques de la région. Philippe réalisait en cet instant que Gérard avait finalement toujours été présent aux moments les plus importants et les plus agréables de son existence.
Philippe souriait encore quand Marina jaillit de l'eau d'une poussée vigoureuse sur les mains et se dressa sur la margelle, ruisselante sous la lune. Elle s'essuya d'une grande serviette blanche, la pureté du tableau en était d'autant plus cinglante, Philippe en resta coi.

Elle s'assit sur le transat qui jouxtait le sien, enroulée dans l'éponge confortable, essorant ses cheveux, la tête sur le côté. Elle semblait libérée, ne plus se soucier du regard d'autrui comme à son arrivée, la veille, quand elle s'était enfoncée à contrecœur dans le canapé, entre lui et le gynéco.
Le coming out du dîner semblait lui avoir été salutaire.

— Je peux ?...

Elle désignait le paquet de cigarettes quasi-vide que Philippe avait récupéré auprès de la compatissante propriétaire. Il le lui avait tendu et le briquet avait éclairé le joli visage d'une lueur nouvelle, Philippe se sentait ragaillardi, les effets de l'alcool avaient commencé à s'estomper.

— Ça s'est arrangé, avec votre… ami ?
— Il n'y a rien qui doive s'arranger.
— C'était quoi le problème ?
— Oh rien, il s'est imaginé des trucs.
— Des trucs ?
— Que je flirtais, en quelque sorte.
— Avec qui ?
— Peu importe, c'est ridicule !

Les dernières ondes venaient mourir gentiment sur les bords du bassin.

— Ça fait longtemps que vous êtes ensemble ?
— Hmm…

Philippe n'avait pas envie de s'étendre sur le sujet, parler lui suçait la moelle, les bavardages nocturnes avaient tendance à l'épuiser. Il aimait la quiétude de la nuit et l'intensité particulière de tout ce qui la troublait, pour peu que l'humain y soit étranger. Sa voisine de transat semblait l'avoir compris, elle avait détourné la tête en souriant et avait laissé le silence reprendre sa place entre eux.
Elle resta là un bon moment, il ne la regardait pas. Il avait gardé les yeux fermés et se plaisait à l'imaginer. La vie lui faisait de l'œil, lui chuchotait des mots doux au creux de l'oreille, les prémices d'une

nouvelle histoire, qui sait ?
C'est comme ça qu'il comprit qu'il était à deux doigts d'être prêt. D'ailleurs, il l'était peut-être déjà, à son insu. Ça ne prévenait jamais, ça tournait, virait. Il sentait parfois un élan, qui disparaissait presque aussitôt, c'est toujours après coup, quand il y repensait, qu'il identifiait le phénomène.
Marina avait fini par se retirer, lui adressant un « Bonsoir » et un petit signe de la main des plus pacifiques, il n'en demandait pas plus, juste un minimum de respect pour les errements et les hésitations qui le taraudaient ces derniers temps. Cette nana était top.
Pour fêter ça, il s'était à son tour laissé couler dans l'eau fraîche et paisible de la piscine, histoire de raviver les neurones qui avaient survécu à quatre décennies bien pesées de tourments intérieurs. Il était sorti du bassin dans un état presque tranquille et s'était dirigé d'un pas serein quoique encore incertain vers le salon, laissant derrière lui l'empreinte humide de ses pieds.

34

— Je ne sais pas.

Quatre mots, c'est tout ce qu'elle lui avait accordé, un simple SMS, même pas l'aumône d'un coup de fil.
Tristan de Maresville se tournait et se retournait dans son grand lit, il avait bien essayé de se calmer en relisant les notes prises dans l'après-midi pour le discours d'ouverture du congrès qui commençait le surlendemain, mais la concentration lui faisait défaut et ce n'était pas dû qu'à l'heure avancée de la nuit. Il se retrouvait seul au milieu de nulle part, avec personne digne d'intérêt à l'horizon, alors que tout aurait été propice à s'enfermer pour des grasses matinées et des siestes crapuleuses, le sort s'acharnait. La suite se trouvait au premier étage, la vue était splendide, et il n'y aurait sans doute que lui pour en profiter. Il ne se faisait plus d'illusion, elle ne viendrait pas, cette histoire partait en vrille. Pourquoi s'entêter ? N'avait-il pas passé l'âge des dilemmes adolescents ? C'était quoi son problème ?
Il ne manquait pourtant pas de femmes prêtes à s'intéresser à lui, à céder à ses avances, plus sa renommée s'étendait, plus sa fortune croissait, plus le choix s'élargissait. Il avait même eu l'occasion de s'essayer à des expériences plus ou moins exotiques, sa patientèle ne se cantonnant plus à l'hexagone depuis l'ingénieuse innovation technique qu'on l'invitait à présenter dans les colloques du monde entier. Russes, japonaises, islandaises, brésiliennes...
Tristan de Maresville laissait la nuit lui amener des images de ses frasques sensuelles, mais il ne parvenait même pas à se branler. Force était de constater qu'il ne bandait que pour celles qui lui résistaient. La quête de la victoire l'excitait, mais il s'emmerdait à peine le trophée décroché. Avant de la rencontrer, il avait réalisé qu'il commençait même à se désintéresser de l'objet convoité dès qu'il sentait qu'il avait ses chances. Cette seule perspective lui ôtait souvent l'envie de

conclure. Et quand malgré tout il allait au bout du travail de séduction, le plaisir ne dépassait guère la première éjaculation.
Sauf si le trophée n'en était pas un, s'il sentait qu'il pouvait lui filer entre les doigts à tout instant. Il rageait alors de ne pas en avoir la maîtrise, mais il continuait à se battre pour le posséder, et c'est ce combat sans cesse renouvelé qui le faisait se lever chaque matin, conquérant d'un nouveau jour.
Tristan de Maresville décida que dans la matinée il appellerait le confrère qui avait loué une villa surplombant la mer dans la station balnéaire où se tenait le colloque, et qui l'avait convié, l'assurant qu'il saurait se montrer à la hauteur de sa réputation d'hédoniste et de libertin.

35

Sous l'éclairage subtil de la douche à l'italienne, Marina laissait couler le flot généreux sur son visage. Elle se remémorait le regard de Philippe quand elle était sortie du bassin, et le creux désagréable que ça avait généré dans son plexus, juste un instant. Il ne l'avait pas regardée comme un objet, comme l'aurait fait n'importe quel homme à sa place. La situation ne la présentait pourtant pas autrement que comme une chose, et c'était elle qui l'avait choisi, rien ne l'obligeait à se baigner nue, ce n'était quand même pas sa paresse naturelle qui l'avait empêchée de rentrer enfiler un maillot.
Se comporter comme un simple objet était le choix qu'elle avait fait depuis longtemps. Elle pouvait toujours le justifier par son activité, Marina prenait soudain conscience qu'elle avait toujours cherché à plaire par son apparence, sans jamais exposer ce qu'elle était vraiment. Il lui semblait parfois souffrir des regards que cela provoquait, aussi pourquoi s'obstinait-elle dans ce comportement, en dehors de ses obligations professionnelles ? Et pourquoi, alors, l'absence de ce regard chez Philippe avait-il provoqué une sorte de manque ?
Finalement, être considérée comme un objet lui était peut-être vital.
Les lames du store découpaient sur le plancher des tranches de lune. Marina s'était affalée sur le grand lit, quelques gouttelettes glissaient encore de sa peau et semaient de petites taches sombres sur le drap vert amande.
Elle s'était repassé le film de sa vie amoureuse, prenant une à une ses relations sentimentales, et elle en vint à constater qu'elle n'avait jamais pu jouir qu'avec ceux qui la prenaient pour un bel objet. Ceux qui avaient parlé d'amour, et avaient tenté de lui prouver leur sincérité, étaient restés sur le bas-côté. Elle les avait quittés, et ils étaient majoritaires dans le panorama dédaléen de ses relations. À l'inverse, elle avait souffert qu'aucun de ceux qui n'avaient vu en elle qu'un joli et agréable passe-temps ne voie ni ne cherche à savoir qui elle était vraiment.

Elle envisageait de laisser un message à son client, pour ne pas sombrer dans la déprime qu'elle sentait poindre doucement, mais le sommeil cueillit Marina et l'attira dans les méandres tortueux de rêves étranges.

36

Philippe veillait, mi-assis, mi-couché, dans la grande méridienne de cuir, les pieds recouverts d'un plaid en lin rose poudré, son ordi sur les genoux. Il se félicitait d'avoir pu le récupérer subrepticement dans la chambre, il avait ouvert la porte prudemment alors que Jean-Pierre s'ébrouait sous la douche en émettant quelques vocalises, sans se soucier le moins du monde, ni de l'heure, ni d'autrui. Il n'avait pas eu à le croiser, il ne pourrait bien sûr pas remettre indéfiniment l'assaut final, mais sa tendance innée à la procrastination rejoignait son désir sincère de trouver la paix.
En attendant, il comptait bien profiter de cette énergie nouvelle, ressentie au bord de la piscine, à côté de cette fille.
Ça se passait toujours de la même façon, la première phrase s'imposait, il n'y avait rien à choisir, rien à décider, il n'y avait plus qu'à suivre et à laisser faire. Les images succédaient aux mots, qui coulaient comme une évidence, et c'en était fini de son libre arbitre, des mois de soumission s'ensuivaient inévitablement. Il n'avait plus qu'à se taire et à obtempérer, juste se mettre à disposition du récit, la difficulté principale consistant à refréner les éventuelles tentatives de rébellion de son ego. Il s'efforçait d'endiguer le phénomène et de faire taire les perfides amorces de complaisance, il la traquait dans des phrases emphatiques ou alambiquées qui l'emportaient dans des chevauchées artificielles et l'éloignaient de son objectif.
Il lui suffisait, pour retrouver l'état nécessaire à produire quelque chose qu'il n'effacerait pas en intégralité le lendemain, de fermer les yeux, de débarrasser le lave-vaisselle ou d'aller shooter dans trois gobelets. Il se retrouvait parfois à errer dans la ville à trois heures du mat, à maudire la capacité du mental à venir embrouiller les pistes.
Il se remémorait alors les yeux des vaches dans les prés de son enfance, ces yeux bons et doux, la docilité absolue à la vie, si étrangère à l'homme.
Il avait croisé ces mêmes regards en Asie, vingt ans plus tôt, des regards

bons, doux et paisibles, car étrangers à toute velléité de lutte.
Il avait trouvé la quiétude où qu'il tourne la tête, dans les monastères et dans les rues de ces pays lointains où il avait tenté d'échapper aux futilités occidentales, persuadé de s'engager là sur le chemin lumineux qui lui permettrait de toucher au sens et à l'essence des choses.
La vie s'était chargée de le recadrer, brutalement et aussi souvent que nécessaire, le laissant partir en vrille jusqu'à lui asséner la fessée qu'il avait cherchée, comme on laisse un enfant s'adonner à son caprice jusqu'à ce qu'il passe les bornes. Il était revenu, désorienté, il avait bien fallu reprendre la vie là où il avait cru pouvoir la laisser.
Cette quête mystico-exotique n'était-elle pas une fuite éperdue ? Mais que fuyait-il et qu'avait-il trouvé ?
En fait, que savait-il aujourd'hui de plus sur lui-même ?
Il n'aspirait plus à trouver des réponses à l'extérieur, il n'était même plus sûr qu'il y ait grand-chose à comprendre. Finalement, c'est encore devant son écran qu'il se sentait le plus en accord avec lui-même, dusse-t-il en avoir les fesses qui collaient sur le cuir d'une méridienne et la promesse d'un mal de dos le lendemain.
Il écoutait et se repaissait du silence, les autres hôtes devaient dormir, il jouissait pleinement des heures précieuses qu'il grappillait à la nuit.

37

Elle frissonne, l'obscurité la happe de ses tentacules visqueux. La lumière est de l'autre côté de l'abîme.
Pour atteindre l'autre falaise, un pont népalais, auquel il manque une planche sur trois, le bois est si vieux qu'il ne demande qu'à céder pour s'écraser dans des profondeurs d'où l'on ne revient pas.
Sophie sent que sa substance vitale s'écoule dans la terre froide sous ses pieds, du côté de l'ombre.
De l'autre côté, tout l'attire et l'effraie. Tout y est lumineux, les couleurs sont vives, mais elle ne reconnaît rien. La curiosité pourrait l'emporter, mais si le pont cassait ?
De l'autre côté, aucun garde-fou, des enfants courent et risquent à chaque instant de chuter dans le précipice.
De l'autre côté, tout est mouvement.
Elle se trouve depuis toujours du côté sombre. Elle est entourée de barrières, auxquelles on peut s'accrocher si on a peur de glisser.
Sophie s'aperçoit qu'elle a déjà peut-être trop attendu, ses pieds commencent à s'enliser du côté sombre, le seul qu'elle connaisse, celui des repères et des souffrances. En forçant un peu, elle pourrait encore extraire ses pieds de la terre boueuse qui l'avale peu à peu, mais elle ne le fait pas.
Elle regarde de l'autre côté.
Des hommes ont saisi des guitares, des filles ont entamé une danse autour de feux de camps, leurs longues jupes chamarrées emportent les cœurs et les corps.
Les plus âgés ont apporté de la nourriture près des flammes. L'odeur de grillades parvient jusqu'à elle, Sophie commence à saliver, des gongs résonnent sur les parois de la montagne.

Deuxième jour

38

L'information avait eu du mal à atteindre le cerveau embrumé de Philippe. Il était resté figé, hagard, encastré dans la méridienne, mettant du temps à réaliser que les coups qui lui défonçaient le crâne venaient en fait de la grosse porte d'entrée.
Les autres devaient dormir, ils n'étaient couchés que depuis quelques heures, il jeta un œil à sa montre en s'extirpant de son lit de fortune. 7H30, un dimanche matin. Des sauvages, aucun doute là-dessus. Il ouvrit la porte, hirsute, un œil à demi-ouvert.

— B'jour M'sieur. Brigadier Tisonnier… ça s'invente pas, hein ? !

Le pompier attendait bouche ouverte que Philippe comprenne la subtilité. Devant l'absence de réaction, il avait remonté sa large ceinture en reniflant, limité dans son geste par un ventre proéminent.

— Un incendie s'est déclaré dans la vallée, les routes sont coupées. Y a pas vraiment de danger dans l'immédiat, juste une mesure de confinement.

Le pompier semblait fier de son niveau de vocabulaire, il avait encore attendu une réaction de son interlocuteur, puis il s'était fait une raison et avait détaillé ses recommandations.

— Vous êtes nombreux ? Vous êtes le propriétaire ? Parce que si le feu monte, ça peut arriver avec le vent, c'est encore dedans que vous serez le plus en sécurité. Vous écoutez la radio, vous fermez les portes et les fenêtres.

Philippe avait rapidement décroché, les données techniques le dépassaient, les contraintes matérielles de ce bas monde l'ennuyaient. Jean-Pierre n'étant pas non plus doué d'un grand sens pratique, ça donnait lieu à pas mal d'incidents sans gravité qui alimentaient

allègrement les querelles domestiques.
Sophie l'avait rejoint, en short et tee-shirt froissés, pieds nus et coiffée d'un casque de boucles brunes qu'elle avait jusque-là disciplinées en chignon serré.
Elle avait écouté attentivement la suite des consignes tandis que Philippe se mettait en quête d'un café, il voulait se réveiller pleinement et se préparer aux foudres éventuelles de Jean-Pierre, quelque chose lui disait que les motifs ne manqueraient pas, son compagnon avait prévu des visites soi-disant culturelles, ça s'annonçait mal.

39

C'était quoi ces sirènes ? Elles avaient sorti Tristan de Maresville de songes fort agréables, la réalité lui tombait dessus comme une masse. Il avait machinalement étendu le bras à ses côtés, et n'avait trouvé que la douceur du satin.
Il avait commencé par soupirer, en proie à un certain abattement, et s'était souvenu du coup de pied au cul qu'il s'envoyait chaque matin, dans ses pénibles périodes de célibat.
Il avait sauté hors du lit, se félicitant de son naturel optimiste, prêt à mordre la vie et tout ce qui pourrait se trouver à sa portée. Il avait ouvert les volets, bien décidé à mettre à profit ce dernier jour de liberté, il avait inspiré à pleins poumons. Il lui semblait déceler dans l'air une légère âcreté. Étonnant que les feux domestiques ne soient pas déjà interdits avec cette chaleur…
Il avait organisé mentalement sa journée en savonnant vigoureusement son grand corps imberbe. Petit-déjeuner frugal, quelques pompes et abdos, une inévitable et nécessaire séance de bronzage au bord de la piscine, avec un peu de chance l'escort de la maison aurait peut-être la même idée, ça occuperait son champ visuel un moment. Puis descendre jusqu'à la mer, voiture décapotée, il avait eu l'embarras du choix, le loueur de voitures, un gamin en costard noir premier prix et légèrement étriqué, l'avait traité avec déférence quand il avait annoncé le nom du modèle que le lieu et la saison lui inspiraient. Il descendrait cheveux au vent, une main sur le volant, l'autre caressant l'instant par-dessus la portière.
Les choses ne s'étaient pas présentées jusqu'ici comme il le souhaitait, mais Tristan de Maresville savait s'adapter. Aujourd'hui était un autre jour.

40

Adossée à la façade qui faisait face au soleil et à la pente, Sophie regardait avec culpabilité la cigarette qui finissait de se consumer dans le cendrier de faïence jaune curry posé à côté d'elle, sur le grand banc de pierre. Elle ne culpabilisait pas de n'avoir jamais réussi à s'arrêter de fumer, elle se demandait juste, en se rongeant les ongles fictifs de la main gauche, si elle avait bien éteint la dernière cigarette de la nuit, dont elle avait imprudemment jeté le mégot au sol, en quittant le lieu où elle avait enterré les sacs.
Son angoisse de la veille était telle qu'elle n'avait pu résister au besoin d'aller vérifier que rien n'avait bougé, que les quelques branches et pierres qu'elle avait placées sur le rectangle de terre fraîchement retournée étaient intactes. Elle était donc repartie dans la nuit, quand tout le monde semblait dormir. Elle avait d'abord cru que la lune et sa lampe lui jouaient un mauvais tour, histoire de lui prouver qu'Ernesto avait raison, qu'elle était effectivement morte de trouille vingt-quatre heures sur vingt-quatre, même si elle déjouait relativement facilement ses émotions dans les nombreuses tâches que la vie lui imposait.
Mais non.
Elle n'avait pas la berlue.
Les branchages avaient disparu.
Ce ne pouvait être le fait du vent, l'endroit était abrité.
Pire, les pierres avaient été déplacées.
Bon sang, était-ce un animal, qui avait senti quelque chose et avait gratté le sol ? Si c'était le cas, tout serait piétiné, retourné, creusé, sens dessus dessous. Tandis que là, le curieux avait pris garde d'effacer du mieux possible les traces de son passage.
Putain, qui ça pouvait être ?
Autant l'endroit aurait été susceptible de recevoir la visite de quelques chasseurs à la recherche d'un chien égaré en hiver, autant personne ne venait jusque-là en cette saison, la propriété était retirée et la route qui

y aboutissait ne menait nulle part. À moins que... Cet imbécile de Jean-Pierre qu'on avait retrouvé la veille dans ce cabanon...
Elle était rentrée soucieuse au cœur de la nuit, et se souvenait avoir écrasé son mégot sur une pierre, avant de le jeter au loin. Elle se demandait maintenant si, toute à l'inquiétude qui la rongeait, elle avait suffisamment écrasé cette saloperie de mégot, le vent avait repris, et elle savait qu'il ne fallait pas grand-chose pour déclencher un incendie. D'autant que, de son poste d'observation, elle voyait la fumée s'étendre vers la fosse improvisée.

41

Marina venait de raccrocher. Elle avait surpris son client encore au lit, il lui avait répondu en chuchotant, sa femme était à ses côtés. Il lui avait rappelé qu'ils ne devaient communiquer que par SMS, l'enjeu était important pour lui, son épouse détenait la fortune qu'il faisait fructifier, il ne pouvait prendre aucun risque. Ils avaient convenu du début d'après-midi, madame avait prévu de se rendre en ville, il aurait le champ libre. Il lui avait envoyé l'adresse d'un hôtel, à une dizaine de kilomètres de là.
Marina feuilletait son agenda, elle se repérait aux semaines où elle ne travaillait pas. Un truc clochait, elle avait travaillé en continu les deux mois précédents, ce qui confirmait ses craintes.
Elle reposa l'agenda précipitamment et se rua vers la salle de bains.
Bon, inutile de paniquer, ce n'était pas la première fois qu'elle avait un doute. Elle avait jusqu'ici eu de la chance. En professionnelle consciencieuse, elle utilisait un matériel de qualité et les accidents étaient rares. Elle n'avait pas souvenir de rupture de latex ou d'imprudence ces derniers mois, quoi qu'il en soit elle ferait un saut dans une pharmacie dans la journée, inutile de laisser l'angoisse gâcher ses vacances.
Elle se prépara, elle aimait donner l'impression d'être nue, sans fard, et se montrer sous un jour néanmoins flatteur. Elle ne se sentait pas prête à renoncer à ce besoin de croire que le monde pouvait lui donner ce qui lui manquait.

42

— Mais enfin, c'est quand même insensé ! Il doit bien y avoir un moyen d'éviter les barrages… une petite route, que sais-je ?
— Non.

Le ton de Sophie ne laissait place à aucune discussion.
Tristan de Maresville se passait la main dans les cheveux, visiblement très agacé et peu habitué à ce qu'un quelconque élément vienne gripper les rouages de ses projets.
Philippe se marrait dans son coin, il avait pris soin de détourner la tête, il se concentrait sur le percolateur, il s'en foutait, c'est pas un incendie qui l'empêcherait d'écrire, va savoir, ça pourrait même l'inspirer.
Marina était apparue, lumineuse et plus souriante que la veille, Philippe trouvait que ça ne partait pas si mal que ça, le gynéco s'était laissé distraire un instant de sa mauvaise humeur.

— Vous êtes parfaite.

Ben voyons, vas-y, te gêne pas.
Marina avait feint l'indifférence, mais Philippe avait eu le temps de noter la grande inspiration qui avait suivi le compliment.
Elle s'était étirée comme un chat, les doigts retournés et croisés au-dessus de la tête :

— Il y a un problème ?

Tristan de Maresville avait jeté une main dans les airs, signifiant sans doute par là qu'il était déjà las de la journée, que face à tant de bêtise, il renonçait.

— Il y a un incendie dans la vallée, et le feu ayant tendance à monter, il

peut parvenir jusqu'ici.
— Et… ? On doit évacuer les lieux, c'est ça ?
— Non, justement, avait expliqué Sophie. On doit rester là, et surtout ne pas s'éloigner. La route est coupée.

43

— Je vous sers ?

Philippe, grand Prince et d'excellente humeur, avait eu un geste vers Tristan de Maresville, bien que le personnage lui soit a priori assez antipathique. Le médecin avait remercié en tendant son bol, les sourcils toujours froncés du mec contrarié dans son dessein. Ernesto était arrivé en sifflotant, apportant avec lui une forte odeur de fumée.

— Alors, c'est comment, en bas ? Où ça en est ?, avait demandé Sophie.
— L'incendie, tou veux dire ?
— Ben oui... quoi d'autre ?...

Ernesto s'était servi une tasse avant de répondre en étalant le beurre ramolli sur une large tranche de pain bis.

— Eh bien, ça commence à mounter. Peu, mais ça mounté. Si lé vent sé rémet à souffler, ça peut aller vité.
— Les pompiers sont passés.
— Qu'est-cé qu'ils ont dit ?
— De ne pas bouger, ils ont dit ce qu'il fallait faire ou pas si ça devait arriver jusqu'ici.

Confitures et douceurs, chacun revoyait à la baisse le programme de sa journée, quand Jean-Pierre avait fait irruption en crachant ses poumons, perché sur des baskets orange fluo montées sur ressorts, la technologie n'en finissait plus de progresser, où s'arrêterait-elle ?

— C'est quoi cette fumée ? C'est quand même tôt, pour un barbecue, non ? !

Ils s'étaient regardés, gênés pour les uns, dépités pour les autres. Il

faut dire que Jean-Pierre était adepte de l'accoutrement sportif et des remarques d'une blonditude de haut vol. Juste à l'oreille, dans le noir et sans les mains, n'importe quel mâle n'y aurait vu que du feu.
Quand Jean-Pierre parvenait à arracher Philippe à ses occupations éthérées pour le traîner dans un jogging matinal, arguant que son corps prenait de l'âge, celui-ci était ravi de ne pas avoir la condition physique qui lui aurait permis de courir à sa hauteur. La capitale était un microcosme, il aurait pu croiser son éditeur ou des gens dont dépendait sa carrière, ça aurait pu faire chuter le tirage de ses prochains livres, plus d'un l'attendait au tournant.
Marina avait eu pitié, et avait informé Jean-Pierre de la situation.

— Quoi ?! Et on est coincés ici ?!

Il s'était exclamé dans les aigus, en écarquillant ses yeux verts aux longs cils et en gardant la bouche ouverte, les mains plaquées sur le torse où les tétons pointaient du mieux qu'ils pouvaient.

44

Tristan de Maresville avait considéré Jean-Pierre d'un œil nouveau, ils avaient, semble-t-il, une tendance commune à ne pas apprécier qu'une contrainte extérieure vienne rectifier leur trajectoire. Il avait observé la créature d'un air néanmoins perplexe en mâchouillant sa troisième tartine, il fallait qu'il se calme, ses poignées d'amour commençaient à prendre forme, il espérait que les petits exercices physiques quotidiens qu'il avait décidé de s'imposer y remédieraient rapidement.
Qu'allait-il donc bien pouvoir faire de sa journée ?
Il avala le fond de son bol en observant Marina, sa plastique lui faisait regretter les bimbos qu'il aurait eu tout le loisir de contempler, entre autres, au bord de la piscine à débordement du confrère qui l'avait invité, sans ce maudit incendie. La nature l'emportait haut la main, on ne peut pas gagner à tous les coups.
Ceci dit, ces quelques divertissements n'auraient de toute façon pu le soustraire qu'un instant aux questions qui le taraudaient depuis le SMS lapidaire qu'elle lui avait envoyé la veille.
Où était-elle ? Que faisait-elle ? Avec qui ? « Le » connaissait-il ?
Il avait beau être une référence en matière d'infidélité, Tristan de Maresville ne supportait pas qu'un autre lui dame le pion, qui plus est s'il le connaissait et s'ils jouaient dans la même catégorie.
Il y avait bien le PDG de cette grosse boîte de télécoms que son ex-femme avait pris soin de présenter à sa nouvelle compagne au cours d'une des rares soirées mondaines où il avait pris le risque de l'amener. Mais elle ne se cantonnait pas à ce qui brillait, il avait du mal à suivre sa logique, ou plutôt à admettre qu'elle n'en avait peut-être pas. Dans un monde où chacun tente de se rassurer en trouvant un sens à sa vie, elle semblait évoluer à l'instinct, sans calcul ni intention particulière.
Il n'avait donc aucun pouvoir sur elle, il ne pouvait prévoir aucune de ses réactions, ses lubies ne lui étaient pas accessibles.
Ce manque de maîtrise le mettait en apparence d'humeur orageuse.

Il savait pourtant pertinemment qu'au fond de lui, il tremblait plus que jamais, car malgré toute l'énergie qu'il lui restait à donner, certaines choses pouvaient encore lui être refusées. Preuve en était cet incendie qui allait le clouer là, aucun claquement de doigts, aucun billet n'y changerait rien.

45

Philippe s'était éclipsé sans que personne ne le remarque. D'ailleurs, personne ne le remarquait jamais.
Loin de lui peser, ça lui avait donné depuis longtemps le privilège d'observer le monde, de le sentir, de le renifler, de s'en imprégner. Cette vaste plaisanterie l'amusait, l'inspirait, le parasitait ou le distrayait tour à tour. Il ne savait pas vraiment en quoi les événements extérieurs interféraient dans son travail, le phénomène était assez vicieux, et pourtant jouissif. Il se plaisait à se laisser trimbaler au gré de tout. Il avait ce sentiment de ne pas être acteur de sa vie, et le jour où il avait compris cela, tout était devenu plus léger.
Il se laissait porter.
De l'extérieur, ça pouvait passer pour de la lâcheté ou de la flemme, il savait qu'il n'y avait rien de mieux à faire, les autres autour de lui se chargeaient de l'agitation, sa participation au brouhaha n'aurait rien apporté à la course effrénée dans laquelle le monde s'engouffrait inexorablement.
Les volutes de sa clope accompagnaient la fumée qui s'étendait dans la vallée, toutes deux se rejoignaient et fusionnaient dans une unité parfaite, après quoi eût-il été nécessaire de courir, à quoi bon épuiser la part ultime de ce qui échappait à la folie ambiante ?
Il savait qu'un jour prochain, il n'aurait même plus besoin de s'isoler, de brancher le casque de son PC sur les notes de mecs respectueux et inspirés, le bruitage de la fourmilière, en fond, suffirait sans doute à le maintenir dans l'état d'équilibre fragile propice à l'écriture, entre relâchement et présence réelle. Il n'aurait qu'à attendre que le tapis volant de ses délires se déroule pour embarquer vers des rivages inconnus, avec un clavier comme unique gouvernail.

46

Marina vomissait pour la troisième fois de la matinée, la cuvette des toilettes finissait par lui être familière, elle connaissait par cœur chaque micro fissure des parois moka.
Cet état lui rappelait qu'on était dimanche, jour honni et vomi de l'enfance. Ce qu'elle avait pu haïr les dimanches ! Les repas obligés, dans le château familial, à cette table immense où il n'y avait aucun moyen de se planquer, engoncés dans la gangue des convenances et des non-dits.
Lorsque la tension se relâchait un peu, et c'était rarement le cas, le regard de Mère rappelait que les coudes ne se posaient pas sur la table, et d'autres choses essentielles à l'épanouissement des enfants. Ce regard glacial lui filait la chair de poule. Elle se recroquevillait dans son corps, comme si chacune de ses cellules se rétractait, les yeux de Mère lui avaient toujours évoqué les immenses congélateurs de la grande cave.
Marina s'était souvent demandé ce qu'il y avait à l'intérieur, après avoir découvert aux infos que des nouveau-nés pouvaient parfois y stopper net leur croissance et y achever prématurément leur courte vie. Elle s'était fait un vrai film, mais n'avait jamais osé affronter la réalité en allant vérifier par elle-même ce que contenaient ces fameux congélateurs. Elle avait préféré continuer à s'imaginer, en se frottant doucement les lèvres contre le drap dont elle se couvrait la tête pour s'endormir, qu'elle avait des frères et sœurs qui n'y avaient pas échappé, elle s'était persuadée être elle-même une survivante, peut-être le gong de la grande entrée marbrée du sol au plafond avait-il sonné au moment opportun, contrecarrant les funestes projets maternels, et offrant à Marina la chance de goûter aux plaisirs de la vie de famille.
Pas sûr qu'elle y avait gagné.
Mère fuyait le monde et une famille dont elle ne voulait pas dans ses appartements, laissant Marina face aux autres protagonistes. Un frère schizophrène, une sœur autiste, et un père qui noyait sa déprime dans tout liquide susceptible de lui faire oublier le piège qu'un mariage de raison pouvait représenter.

Les services sociaux ne se ruaient pas sur les familles fortunées. Est-ce que, s'ils avaient fait leur job, cela aurait changé grand-chose ? Ont-ils réellement le pouvoir et la volonté de s'immiscer dans l'intimité des familles ? Fallait-il regretter que ce ne soit pas le cas ?
Marina avait travesti la solitude en colère, puis la révolte avait fini par s'estomper, au profit d'un certain renoncement. Les fonds de teint blafards et les ombres charbonnées de sa période gothique avaient laissé place à des vêtements qui mettaient en valeur son corps, seul atout qu'elle pensait posséder.
En regardant son ventre plat dans le miroir en pied de la chambre, Marina se disait que donner la vie était sans doute la chose la plus irresponsable qui soit. Elle pensait que chaque génération d'une lignée ajoutait quelques kilos au fardeau, que du volume d'un sac pour le week-end, on pouvait se retrouver au final avec un semi-remorque impossible à manœuvrer dans les virages, le moindre obstacle pouvait stopper la course.
Sans parler de la rencontre éventuelle entre deux semi-remorques. C'était le crash assuré, elle avait donné.

47

Sophie suait sang et eau, rien de tel pour contrer l'angoisse. Ses ongles n'auraient pas supporté une heure de plus sans activité physique, sa peur suintait par tous les pores, il fallait en évacuer le plus possible. Le débroussaillage, obligatoire en zone rouge mais toujours remis à plus tard, tombait à pic. Sans compter que si l'incendie parvenait jusqu'à la maison, les assurances ne fonctionneraient pas si les abords n'étaient pas dégagés. Elle aurait dû le faire depuis longtemps, ou déléguer cette tâche à Ernesto, elle ne l'avait pas fait. D'un autre côté, ça lui permettait de se défouler aujourd'hui, quand la tension était au paroxysme.
Elle s'échinait donc sur les ronces qui entouraient la maison, s'écorchant avec délice, chaque égratignure la maintenait debout, vivante et en éveil. La douleur au moins lui était familière, elle retrouvait le soulagement du connu. Et puis, l'effort s'intensifiant, son cerveau était enfin relégué à la place qui lui revenait, il ne lui servait qu'à choisir le bon outil, rien de plus.
Ernesto enroulait le tuyau d'arrosage en chantonnant, à quelques mètres de là, derrière le poolhouse. Putain, pourquoi y avait-il des gens pour qui tout semblait si simple, alors que d'autres se débattaient dans des tergiversations, des anticipations, des interprétations, des extrapolations à n'en plus finir ?
Il n'y avait que dans l'action que Sophie s'en sortait honorablement. Du plus loin qu'elle s'en souvienne, seule la sueur pouvait venir à bout de la violence qui grondait. Adolescente, elle avait trouvé un bon compromis entre force et sérénité en alignant des tours de lacs, des gestes simples et immuables, planter les pelles au carré, pousser sur les genoux, tirer sur les bras, casser les poignets et extraire les pelles, pousser, et recommencer, jusqu'à l'épuisement. Fluidité du corps et de l'eau fendue par le skiff. Là où la moindre distraction peut engendrer le déséquilibre et le chavirement, le mental apprend à la mettre en veilleuse, et le corps seul mène la danse.

Elle ramait à s'en déboîter l'épaule, méprisant le jour qui tombait doucement autour d'elle, elle entendait au loin l'entraîneur gueuler et jurer parce qu'elle refusait de sortir de l'eau. Quand enfin elle obtempérait et qu'elle regagnait le ponton, il faisait la gueule et bougonnait en l'aidant à ramener l'embarcation sur des tréteaux, mais s'abstenait pourtant de commentaires, il avait vite compris que le nombre de kilomètres parcourus et l'ardeur qu'elle y mettait n'étaient pas sans rapport avec les hématomes qu'elle avait parfois du mal à camoufler les beaux jours venus. Il l'avait rapidement intégrée aux équipes motivées et l'emmenait le plus souvent possible en compétition.

Ramer ou arracher des genévriers, faire taire la colère ou l'angoisse, toujours évacuer plutôt que d'enfouir, cela lui semblait moins nocif pour elle-même et pour autrui, mais voilà, parfois, ça ne suffisait pas, et le dérapage n'était alors plus contrôlé. Le truc impossible et impensable cinq minutes avant s'avérait faire partie de l'histoire, et pas moyen de la refaire.

Il allait falloir vivre avec, en espérant passer entre les mailles.

48

— Ben écoute, c'est génial !... Si, si, c'est super, tu penses !... Finalement, t'auras été le premier… Je veux dire, à sauter le pas… OK, on fait comme ça… j'ai noté la date, je ne raterais ça pour rien au monde, vieux !

Ils avaient encore échangé quelques banalités, et Philippe avait raccroché. Il regardait maintenant son portable comme un objet dont il ne savait que faire, bouche entrouverte, abasourdi.
Cet appareil était vraiment un enfoiré, tordu, capable du pire.
Et s'il avait été cardiaque, il y avait pensé, à ça, ce con de Gérard ?
Il n'en revenait pas, c'était tellement inattendu, ça ne l'avait même pour ainsi dire jamais effleuré. Rien ne pouvait le laisser supposer, tellement son pote était à l'opposé du sérieux, du durable, de l'engagement. Plus de trois décennies à butiner à droite à gauche, à s'accorder de temps à autre des simulacres de stabilité, pour « recharger les batteries », comme il disait lui-même fort élégamment en saisissant d'un geste graveleux la partie de son anatomie qui lui était la plus précieuse.
Le ciel avait dû lui tomber sur la tête, il avait dû sombrer plus profondément que d'habitude dans les abysses d'un décolleté monumental, Philippe ne voyait pas d'autre explication. Gérard n'avait pas le profil pour céder comme tant d'autres à la pression du temps qui passe et renoncer bêtement, dans un moment de pure inconscience, aux fondamentaux, aux principes de facilité et de liberté qui avaient jusque-là orienté sa vie.
Ou alors, la « Cindy » en question lui avait fait des trucs tellement insensés que ce pourtant dur à cuire de Gérard en avait perdu le peu de raison qu'il possédait, Philippe n'osait même pas laisser son imagination s'embarquer sur cette piste, il avait sa dose pour la journée.
D'ailleurs, il n'était même pas sûr de savoir qui était cette Cindy, c'était

assez récent, et comme elles se ressemblaient toutes plus ou moins, difficile de suivre le courant ininterrompu des frasques sexuelles et vaguement sentimentales de Gérard, il aurait presque été nécessaire de tenir des fiches à jour et de se répéter le prénom de la conquête du moment pour éviter les gaffes, Philippe avait parfois merdé, c'était inévitable.

49

— Je peux vous aider ?

Sophie releva la tête et regarda Marina avec un mélange de surprise et de scepticisme.
Pour qu'elle lui propose son aide, c'est qu'elle devait vraiment s'ennuyer. Ou alors, elle était en colère, ou stressée, comme elle l'était elle-même, et elle avait un irrépressible besoin de se dépenser. Le vernis prune de ses grands ongles, qui renvoyait les rayons du soleil, allait en prendre un coup. Mais bon, après tout, c'était son problème, la vie envoyait à Sophie de la main-d'œuvre au moment où elle en avait besoin, elle aurait pu se mettre en quête d'Ernesto, qui avait disparu, mais si elle pouvait s'épargner les regards en coin et les sous-entendus en tous genres, c'était tant mieux, elle n'était pas d'humeur à l'introspection, et l'incendie imposait ses priorités.
Elle alla chercher des gants de jardinage, le sadisme avait des limites, et tendit à Marina un coupe-branches, que celle-ci regarda avec inquiétude.

— Je creuse autour de la souche, et quand j'arrive à dégager des racines, vous les coupez, le plus profondément possible, au plus près de la base.

Sophie avait repris la bêche et ahanait en tentant de décaisser la souche, mais la terre était compacte, ça allait prendre du temps.
Marina, après avoir observé l'outil sous tous les angles, avait enfilé soigneusement les gants, et avait commencé à tenter quelque chose sur les quelques racines traçantes difficilement mises à jour par sa coéquipière.
Le peu que Sophie arrivait à observer entre deux coups de bêche confirmait ce qu'elle avait entrevu la veille, Marina n'avait pas dû faire grand-chose de ses dix doigts jusque-là. Enfin, du moins, pas grand-chose de productif.
En général, ce genre de nana agaçait les autres filles au plus haut

point. Capricieuses au possible, elles attiraient tous les regards, pourrissaient souvent l'ambiance des soirées et arrivaient malgré tout à fourrer le seul mec potable à l'horizon sous leur couette. En gros, elles ne foutaient rien, et raflaient la mise à tous les coups. Le contraire de la vie de Sophie, en quelque sorte. Et le contraire, aussi, de tous les principes à la noix. Si on récoltait réellement ce qu'on semait, ça se saurait.
En attendant, il fallait reconnaître que, bien qu'assez frêle, si on faisait abstraction du pare-chocs qui la devançait dans tous ses déplacements, le top-modèle mettait du cœur à l'ouvrage. Elle aussi avait atteint le niveau de transpiration où on commence à se sentir moins mal, pour ne pas dire bien.
Les racines lui avaient d'emblée résisté, Marina avait serré les dents et de petites rides s'étaient creusées entre ses yeux. Elle émettait maintenant des sons qui en auraient émoustillé plus d'un et qui n'étaient pas sans rappeler certaines parties de tennis féminin. Elle semblait ne pas se soucier de la présence de Sophie. Elle se penchait dangereusement en arrière, plantée sur les talons, elle avait perdu une de ses jolies tongs aux fines lanières de cuir doré, et commençait à patauger dans la boue produite par l'eau que Sophie avait versée autour de la souche pour en faciliter l'arrachement.
N'arrivant pas à ses fins, Marina ôta rageusement les gants, sans doute devenus glissants au contact de la terre humide, et continua à s'escrimer sur une racine à mains nues, tirant de toutes ses forces. Ça n'avait pas un grand intérêt pour l'avancée du travail, mais Sophie était subjuguée par la métamorphose à laquelle elle assistait, aussi se garda-t-elle d'interrompre le mouvement.
Marina, en transe, se livrait en apparence à un combat contre la nature, l'enjeu ne justifiait pourtant pas autant de hargne. Elle s'essuyait de temps en temps le visage avec le revers de la main, créant un masque guerrier aux zébrures terreuses dont elle seule connaissait la signification.
Profitant des effets de cet échauffement, Sophie n'eut qu'à croiser le regard de Marina pour se faire comprendre, et celle-ci, maintenant à quatre pattes, se releva tant bien que mal pour l'aider à déraciner le tronc du genévrier. Elles s'acharnèrent un moment à secouer énergiquement

la souche, enlacées autour du tronc, puis, dans un assaut final, vinrent à bout de l'animal, qui rendit l'âme au bord d'une mare maronnasse.
Marina était couverte de boue de la tête aux pieds, Sophie dégoulinait, elles se sourirent et s'apprêtaient à poursuivre la besogne quand elles aperçurent Tristan de Maresville qui observait la scène avec attention, perché sur la margelle de la piscine, dans la version marine et bourgeoise du short mi-cuisse, avec le petit lien de serrage à la taille, qui a l'avantage de permettre de plonger du bateau, et l'inconvénient de mettre l'accent sur la naissance disgracieuse d'éventuels bourrelets.

50

Le soleil l'aveuglait à travers l'eau qui fouettait son visage à chaque retour aérien de bras.
Tristan de Maresville gardait les yeux mi-clos, le dos crawlé avait pour effet de le tonifier et de le détendre, c'était la nage qui répondait le mieux à ses besoins immédiats. La vision d'une femme animale provoquait toujours en lui un état d'excitation inexplicable, inévitablement suivi d'un épuisement sans nom. Il bénéficiait donc en l'occurrence de circonstances fort atténuantes, car deux furies pour le prix d'une, s'adonnant à cette étrange et bestiale chorégraphie, justifiaient amplement son inconfort.
Il avait donc paré à ces deux états excessifs et contradictoires en plongeant, fendant la surface immobile de l'eau avec grâce. Il avait démarré fort et laissait maintenant la cadence des bras et le battement des jambes rétablir l'équilibre.
Le spectacle de ces deux femmes souillées et en nage remuait quelque chose d'enfoui, c'était confus, rien de précis, juste la sensation d'un élan et d'une chute, presque simultanés.
Fasciné et choqué, attiré autant qu'effrayé, partagé entre l'envie de se jeter dans la mêlée et celle de s'enfuir, comme un enfant qui aurait vu le loup.
Où était donc passée sa belle assurance ?
Il avait conscience que plus il possédait de femmes, plus il craignait de les décevoir. Celles qui étaient politiquement correctes le sécurisaient, bien qu'il faille souvent un certain temps pour accéder à leur intimité. Quant aux autres, celles qui dépassaient du rang, elles l'attiraient irrésistiblement, mais son éducation et son mode de vie ne lui avaient pas donné les armes idéales pour les aborder.
Tristan de Maresville, en frôlant le fond du bassin recouvert de lauzes, réalisait qu'il aurait été bien incapable de définir son idéal féminin, comme s'il en était au tout début de sa vie amoureuse. Il avait certes accumulé les conquêtes, mais n'avait pas souvenir d'être allé bien loin

dans la connaissance de ses partenaires, si l'on faisait abstraction des comportements sexués classiques, tant dans la chronologie des pratiques que dans les pseudo-manifestations de satisfaction, de part et d'autre.
Tristan de Maresville frissonnait, l'eau était pourtant à température idéale, presque chaude. Pour la première fois depuis fort longtemps, il se sentait petit dans l'immense bassin minéral, avec l'impression que quelque chose avait chaviré, qu'il s'était un peu trop éloigné des côtes et qu'il se trouvait au milieu de l'océan.

51

Philippe ramait depuis un moment. Il butait sur les mots, s'inquiétait de ne pas savoir où il allait, c'était pourtant ce sentiment grisant de ne pas entrevoir grand-chose de ce que les lignes à venir lui réservaient qui l'arrachait chaque jour à sa prétendue paresse et le posait devant son clavier.
Le doute de la page blanche l'avait rarement assailli, même sous la pression de Samuel, son éditeur, qui le relançait à peine un ouvrage imprimé, prenant maladroitement des chemins détournés pour lui arracher des informations sur son prochain roman, serait-il dans l'air du temps, les tirages en seraient-ils meilleurs que les précédents, pourrait-il s'offrir une nouvelle Bentley de collection ?
Bien sûr, il se voulait délicat et ne parlait jamais de ces viles considérations en présence des auteurs, prenant ces derniers pour des êtres immatériels et inconscients des réalités du vivant, mais Philippe n'était pas dupe. La profondeur de son écriture n'avait pour Samuel qu'un intérêt limité, il suffisait que la forme soit plaisante, le sujet alléchant quoique suffisamment léger, le bougre se frottait les pognes, où s'entrechoquaient de vilains anneaux lourds et dorés du plus mauvais goût, à l'idée de ce que cela lui rapporterait.
Il avait néanmoins de bons côtés et un certain sens du savoir vivre, il fallait l'admettre. Il possédait notamment une cave mémorable, certes Philippe savait que ses tirages contribuaient pour beaucoup à la qualité des millésimes que Samuel couvait avec passion, mais celui-ci savait partager, et ils avaient souvent refait le monde sous les grandes voûtes de pierre, protégés de la ville qui grouillait au-dessus de leur tête, confortablement installés dans de grands Chesterfield ébène et étourdis par des vins dont les seuls effluves suffisent à vous enivrer.
Comme la veille, Philippe avait établi son campement dans le salon, il avait trouvé sa place dans la grande méridienne, comme un chat revient dans le nid qu'il s'est creusé jour après jour. Il avait repéré les bons coussins, qu'il avait retapés pour se caler les reins. Ne pas être

assis correctement lui ôtait l'impression de travailler, il lui semblait que l'écriture en était plus souple.
Mais pour l'heure, il n'arrivait à rien.
Il avait repoussé un moment l'idée que le coup de fil de Gérard n'était pas étranger à son mal-être, mais ça le titillait maintenant comme l'étiquette d'un vêtement qui agace le cou, il ne pensait plus qu'à cela, impossible de se concentrer.
En général, quand quelque chose le parasitait, il vaquait au quotidien. Alors qu'en d'autres circonstances les corvées l'ennuyaient, elles pouvaient alors s'avérer d'excellents prétextes pour s'aérer l'esprit. Une machine à étendre, un lave-vaisselle à vider, un truc à faire mijoter. Mais ici, rien sous la main pour l'extraire de sa paralysie, rien du moins qui puisse préserver cette précieuse solitude. Car délaisser un moment son travail était salutaire à condition de ne croiser personne qui tente ne serait-ce que d'embrayer la conversation, sinon la distraction l'emportait, et c'était mort.
À l'abri du monde sous son casque, bercé par les Wooden Wolf et tout à ses pensées, Philippe avait soudain sursauté en découvrant le visage d'Ernesto planté à vingt centimètres sur sa gauche. L'italien se penchait vers lui en articulant des syllabes muettes pour que Philippe l'entende derrière la mousse des écouteurs, une tronçonneuse dans une main, l'autre s'agitant au niveau du visage de son interlocuteur, dans le but d'attirer son attention. Il était sorti de Dieu sait où, torse nu comme à son habitude, toujours affublé de son bermuda élimé et délavé, maintenant tâché de traînées noires et graisseuses.

— Tou peux mé filer un coup dé main, jé n'arrivé pas à trouver Sophie, ça peut pas trop attendre…

L'occasion était belle, Philippe ne savait pas de quoi il s'agissait, mais au point où il en était, bouger de là ne pourrait que le recadrer, il s'arracha donc avec soulagement au cuir confortable de son assise.

52

Marina observait ses jambes couvertes de griffures assez graphiques, comme des bas qui auraient filé de tous les côtés. Elle avait tenté de se désinfecter, avait renoncé sous la douleur infligée par l'alcool, et s'était contentée d'une douche énergique, frottant sous les ongles des mains et des pieds pour en ôter la terre qui s'y était incrustée.
Qu'est-ce qui lui avait pris de se mettre dans cet état, une vraie folle, elle avait conscience de s'être donnée en spectacle, à voir la tête du gynécologue au bord de la piscine après leur séance boueuse de pole dance autour d'un genévrier à l'agonie.
Qu'avait-elle donc à expier si fort ?
Marina mit cela sur le compte de l'angoisse d'une grossesse éventuelle, hypothèse malheureuse qu'elle n'était pas à même d'écarter dans la journée, étant coincée sur la propriété.
Pourtant, sa découverte violente et soudaine du jardinage avait réussi à la détendre. Les nausées avaient cessé, elle se surprit même à dédramatiser en imaginant un petit monstre à tête d'adulte sortir de ses entrailles, avec les traits tirés d'un de ses clients, elle visualisait les miniatures de quelques vieux bedonnants auxquels elle avait parfois accordé ses faveurs, car si elle choisissait souvent les hommes avec qui elle commerçait, elle avait parfois cédé à l'appât de l'argent facile ou à la demande d'un ou deux habitués, plaidant la cause d'un ami en détresse.
Finalement, l'Italien n'avait pas tort, elle savait faire preuve de compassion, elle donnait beaucoup, mais n'y avait-il pas eu un soupçon d'ironie dans le ton qu'Ernesto avait employé, en parlant de « compassion » ?
Récurée, comme neuve, Marina finissait de sécher sur la petite terrasse qui prolongeait sa chambre, abritée des regards par le grand marronnier dont l'ombre des branches, veines noueuses qui n'en finissaient pas de s'étendre, venait caresser son corps déjà engourdi par la chaleur.

53

Ernesto avait étalé des cordes au sol, près d'un pin maritime majestueux, dont le vent avait au fil des ans couché la tête épaisse sur la toiture du garage.

— Tou vois, si le feu arrivé jousqu'ici, ça peut tout faire cramer, jousté parcé qu'il touché lé toit.

Philippe voyait le problème, ne pas être un manuel ne signifiait pas pour autant que l'on était complètement idiot, pas besoin de lui expliquer les choses comme à un gamin de cinq ans. L'image d'intello à côté de ses pompes lui collait à la peau, sa mère l'avait couvé comme un oisillon déplumé qu'il n'était pas, elle l'empêchait de toucher à tout ce qui pouvait présenter un caractère tranchant ou pointu, il n'avait pourtant pas un physique évoquant une extrême fragilité, il avait toujours eu un côté un peu enrobé.
Ernesto avait entamé l'épaisse écorce brun rouge de l'arbre à un mètre du sol, créant une entaille oblique du côté opposé à la maison. Il avait à peine attaqué l'arbre à l'horizontale, de l'autre côté, attendant d'avoir de l'aide pour contrarier le sens naturel de chute et éviter qu'il ne s'écrase sur le toit.
Philippe connaissait le principe, son père était forestier, avant de reprendre la scierie familiale. Il n'avait cependant jamais participé à l'élagage d'un arbre, car bien qu'il n'en eût jamais manifesté l'envie, sa mère s'y serait de toute façon opposée.
Il aida donc à cercler l'arbre avec les grosses cordes qu'Ernesto agençait avec de savants nœuds coulissants incompréhensibles pour le néophyte. La corde rêche accrochait la peau préservée de ses paumes et Philippe sentait peu à peu la vitalité revenir, la virilité de l'activité le sortait de la léthargie dans laquelle il avait commencé à s'installer avant qu'Ernesto ne fasse appel à ses services.

Tandis que l'italien se couvrait de sueur mêlée de sciure rougeâtre qui exhalait des notes fraîches et boisées, Philippe se laissa happer malgré lui par les odeurs de l'enfance, le souvenir des quatre cents coups dans l'atelier de son père, à l'heure où les adultes étaient à l'apéro ou à la sieste, à l'abri d'une mère envahissante, toujours en compagnie de Gérard, qui n'avait jamais manqué d'inventivité en matière de bêtises.
D'un physique déjà tonique, Gérard avait toujours un truc à fabriquer, un objet à démonter, une arme à concevoir, il exposait ses projets à Philippe avec des yeux brillants de curiosité et d'excitation. Philippe ne comprenait pas grand-chose, ça ne l'intéressait pas des masses, c'était la passion de Gérard qui était belle à voir, c'est avec Gérard qu'il avait commencé à étudier ses congénères, la bête avait de la gueule et de la vigueur à revendre. Son énergie était communicative et revigorante, il enflammait tout ce qu'il touchait.
Était-ce l'odeur de la sciure, le fait que la propriété se trouvait hors du monde, comme naguère l'atelier de son père aux heures où les adultes ne travaillent pas, Philippe se retrouva nez à nez avec l'image de Gérard l'enlaçant et l'embrassant d'un baiser langoureux, avec la langue, bien sûr, sinon c'eût été de l'amateurisme de maternelle, dans une démonstration de la meilleure façon de s'attacher une galante.
Tout à leur jeu, ni lui ni Gérard n'avait entendu la porte de l'atelier s'ouvrir, Philippe avait ouvert les yeux et découvert sa mère qui les regardait en silence, il avait cru déceler mépris et dégoût dans ses jolis yeux noisette. Il avait mis fin à l'étreinte en repoussant Gérard brutalement, leurs bouches s'étaient détachées dans un ignoble bruit de succion, et sa mère était repartie sans un mot, ne laissant derrière elle que le crissement de l'herbe froissée sous ses pas rapides.

— Oh, tou y es ??!... tou les tiens, les cordés ?!...

Ernesto avait sorti Philippe de sa rêverie, la coupe horizontale de la tronçonneuse avait presque rejoint l'entaille opposée, l'arbre ne demandait plus qu'à s'écrouler.
La matière, comme Gérard à l'époque, ramenait Philippe dans la réalité.

54

— Il n'y a vraiment pas moyen ?

C'était fou, ça. Qu'est-ce qu'il croyait ? Que le feu allait s'écarter sur son passage ?
Remarque, Sophie imaginait assez bien la scène : Asmodée, dans le bolide rouge et ridicule qu'il avait garé devant la propriété, traversant les flammes, les oreilles en pointe et le regard lubrique, riant aux éclats, ne doutant pas un instant de sa toute-puissance.
Elle n'avait même pas levé les yeux et lui avait répondu tranquillement :

— Je ne crois pas, non.

Tristan de Maresville avait apparemment un besoin vital de quitter la propriété, il semblait prêt à remuer ciel et terre pour essayer de partir, la beauté et la quiétude des lieux semblaient lui échapper, il devait-être du genre à vite s'ennuyer loin du monde et de ses repères. Il s'était assis sur un tabouret de bar, et battait nerveusement la mesure d'un de ses grands pieds, chaussés d'espadrilles, ça sentait le mec qui passe ses étés dans une station friquée de la côte basque.
Sophie avait un gros problème, à la limite du toc, elle ne se le cachait pas, rien ne l'excédait plus qu'un bruit ou un mouvement nerveux répétitif, un stylo qu'on ouvre ferme ouvre ferme, le tic-tac d'une horloge, les doigts des mamies qui tambourinent sur la table en formica de la maison de retraite, en attendant que ce soit leur tour d'abattre leurs cartes. Elle avait la sensation que son cœur n'avait alors d'autre choix que de suivre la cadence imposée, comme s'il y avait une urgence. Bref, il fallait qu'il arrête avec son espadrille.
Elle ne savait plus ou mettre la vaisselle qu'elle lavait à la main depuis une demi-heure, faute de lave-vaisselle, elle tendit donc un torchon à son hôte, sans explication de texte, le fixant de ses yeux noirs, ne lui laissant pour ainsi dire pas le choix.

Il commença par la regarder avec incrédulité, mais Sophie en avait maté des plus jeunes et des plus rebelles, vingt ans à gérer des délinquants des plus sévères, elle ne baissa pas les yeux, aussi obtempéra-t-il sans broncher, il esquissa même un sourire amusé, bon Dieu, pourvu qu'il ne prenne pas le torchon pour une tentative de rapprochement !

55

Tristan de Maresville commença donc à essuyer méticuleusement assiettes et bols que Sophie avait éparpillés un peu partout, en lorgnant par la baie vitrée les allers-retours de Philippe avec de grosses tranches du tronc débité, dont le poids semblait largement au-delà de ses capacités, un peu de bon sens lui aurait suggéré de faire rouler les rondins, mais, visiblement, sens pratique et créativité n'allaient pas de pair.
L'écrivain avait le visage rougi par l'effort et il avait tombé la chemise sans complexe, malgré un enrobage évident au niveau de la taille, Tristan de Maresville se disait qu'il devait bien avoir dix ans de plus que Philippe au compteur, et qu'il n'avait pourtant physiquement rien à lui envier, loin de là.
La journée allait être longue, les autres hôtes n'attisaient pas sa curiosité naturelle, il sentait qu'il en aurait vite fait le tour. Il y avait bien l'escort, mais bon, à part une plastique avantageuse, et malgré un caractère visiblement assez bien trempé, de quoi auraient-ils bien pu parler ? Ce n'était pas forcément dans une conversation qu'elle devait donner le meilleur d'elle-même, Tristan de Maresville avait conscience que cette pensée en aurait hérissé plus d'une, mais quoi, en quoi était-ce machiste de formuler ainsi les choses ?
N'était-ce point là pure évidence ? Les femmes pouvaient-elles la plupart du temps avoir un autre attrait que physique, pour le sexe opposé ? Quand cesserait-on de brandir les étendards à l'énonciation de ces simples vérités ? Quel homme normalement constitué pouvait converser de choses sérieuses avec une jolie femme ? N'était-il point plus honnête de reconnaître une fois pour toutes qu'il y avait deux catégories, et pas une de plus : celles avec qui l'on parle sérieusement, et celles qu'on ne peut s'empêcher d'imaginer dans un lit, cette dernière catégorie représentant l'essentiel du cheptel ?
Quant aux autres convives, le choix était limité.
L'écrivain à gros tirages, Tristan de Maresville n'avait pas tilté de suite, il n'était pas un fervent lecteur, il n'en avait ni le temps ni l'envie, aussi ne l'avait-il reconnu que tardivement, il était plus âgé que sur la photo

qui figurait au dos de ses ouvrages, cheveux fournis et indisciplinés, chemise ouverte de la trentaine insouciante. Il devait bien maintenant avoisiner les quarante-cinq. Il écrivait, lui semblait-il, des choses légères qui croquaient avec indulgence ses semblables, son ex-femme était friande de ce genre de romans, des ouvrages bons à écrire et à lire par ceux qui n'ont pas grand-chose de concret à accomplir.
L'écrivain devait voter rose, vivre rive gauche et déborder de tolérance, prônant le-vivre-ensemble et s'extasiant sur la mixité ethnico-sociale, dépaysante et colorée à souhait, pour peu que l'on ne la côtoie quand même pas de trop près.
Quant à son drôle de compagnon, on ne le voyait guère, et ce n'était pas plus mal. Comment aborder quelqu'un quand on ne sait pas ce qu'il est, et encore moins ce qu'il cherche par ses comportements exacerbés ? La façon dont il s'était trémoussé la veille, les fesses posées sur ses mains jointes à celles de l'Italien, en poussant des petits cris de douleur à la limite de l'ambiguïté, lui répugnait.
Restait Sophie, la maîtresse des lieux.
Il l'avait peut-être mal jugée. Elle lui était apparue rigide et peu féminine, jusqu'à l'épisode du genévrier, le feu couvait peut-être sous son aspect coincé, la boue l'avait presque rendue humaine.

56

Ernesto venait de lui tendre une canette de blonde d'abbaye presque trop fraîche, et Philippe laissait le breuvage glacé s'écouler tout doucement dans son corps bouillonnant, l'élagage l'avait vidé, c'était vraiment parfait, pile-poil ce qu'il lui fallait pour retrouver l'élan et se remettre à bosser.
Ernesto le regardait avec un sourire que Philippe avait du mal à interpréter, quelque part entre bienveillance et moquerie, ce type était cool mais étrange, il donnait l'impression de s'attendre à ce qu'il entame la conversation. Ça mettait Philippe mal à l'aise, il se tortillait fort inconfortablement sur le rocher qui lui servait d'assise, en jetant un œil curieux autour de lui, retardant, il en avait conscience, le moment où l'on entre dans le vif du sujet.
Car Philippe n'avait rien à dire, il savourait le repos du juste, sa vie pouvait sembler partir en lambeaux depuis quelque temps, mais il n'était pas inquiet, il avait devant lui l'axe tout tracé de son nouveau roman, à ce niveau au moins, il avait la certitude que tout se déroulerait avec aisance, il était dans les temps. D'ailleurs Samuel n'avait pas encore tenté de lui tirer les vers du nez, il avait jusque-là résisté à la tentation, ses ouvrages précédents étaient traduits dans pas mal de langues et les tirages à l'étranger étaient honorables. Les affaires de Samuel marchaient du feu de dieu, il n'avait pas de motif tangible d'inquiétude.
La bière assommait Philippe, il avait pourtant pris son temps pour la descendre, il avait dû donner un peu trop avec l'arbre, profitant au maximum de l'opportunité qu'offrait la tâche, laissant derrière lui les images de l'atelier.

— Ça s'est arrangé avec toun ami ?

Philippe était trop crevé pour répondre, il s'était contenté d'un haussement d'épaules et d'une moue qui signifiait qu'il n'en savait trop rien, car effectivement il ne savait pas bien où ils en étaient, Jean-Pierre et lui, Philippe ne ressentait plus grand-chose, de la tendresse, voire de la compassion, c'était triste comme un mois de novembre. Il faisait un temps idyllique, et sa vie sentimentale s'effilochait, il s'était toujours demandé si les choses désagréables pouvaient peser moins lourd au soleil, il commençait à entrevoir la réponse à la question.

— C'est marrant, à té voir, comme ça, j'aurais pas croû qué ti étais... enfin, tou vois, quoi...

Tou vois quoi, gros malin ?
Qu'il était PD, c'était ça, l'idée ?

57

Marina souriait en étalant d'une main experte le vernis rouge cinabre sur l'ongle du majeur. Elle se remémorait les uniques moments où sa sœur Léonilla esquissait un sourire, quand Marina utilisait du rouge dans ses dessins ou ses peintures.
Léonilla était l'aînée, enfermée depuis la petite enfance dans le mutisme, protégée par les remparts d'un monde en apparence sans bruit et sans odeur.
Marina avait toujours eu dans son champ de vision cette grande sœur, immense, comme perchée le plus haut possible au-dessus de la réalité, le plus souvent immobile et qui n'émettait que très rarement quelques sons empreints de souffrance à laquelle nul n'avait de remède.
Comme un meuble aux courbes douces, Léonilla choisissait chaque jour un endroit et n'en bougeait plus jusqu'à ce que le jour décline, telle une statue auréolée d'une longue, raide et blonde chevelure. Marina la rejoignait souvent, car les autres membres de la famille, craignant de déclencher des crises de panique, se tenaient loin de la pièce choisie par Léonilla, c'était donc la tranquillité assurée.
Marina s'installait à distance, prenant soin de fermer la porte sans bruit, elle sortait crayons et pinceaux, et chacune restait dans son univers, en respectant celui de l'autre. Loin de la folie ambiante, elle savourait ces heures paisibles, le silence de sa sœur offrait un havre de paix bienvenu, entre les hurlements de son frère, les pleurs de Mère et les nuits de veille à entendre plutôt qu'à écouter l'inépuisable logorrhée de son père, assise comme un piquet à la gauche de celui-ci. Elle savait quand elle aurait droit au déballage de son intimité, quand il la prendrait comme seul auditeur disponible à ses complaintes. Elle voyait l'alcool diminuer dans la carafe. Il finissait le repas en fixant Mère d'un regard fou, tapait un grand coup de poing sur la table, sans commentaire. Mère quittait la pièce en pleurant, Marina tentait de la suivre, mais elle entendait « Marina !... » et savait que la soirée ne faisait que commencer.

Seule avec lui, Léonilla et son frère prenant leur repas en cuisine avec les domestiques, pour ne pas rappeler à chaque instant aux yeux de tous que décidément quelque chose clochait dans ce château de cartes, Marina n'osait même pas croiser le regard de Jeanne, la bonne qui s'empressait de débarrasser et de quitter la salle des repas, ses pas feutrés glissant sur le parquet.

58

Le plancher de bois cuisse de nymphe satiné sur lequel Jean-Pierre avait flashé était jonché d'un bric-à-brac sans nom. Philippe avait retourné la chambre, vidé son sac de randonnée, visualisé ses déplacements dans la propriété, refait trois fois le tour de la piscine, glissé la main entre les coussins d'assise du canapé, soulevé les tapis, rien à faire, une demi-heure qu'il arpentait la maison et ses extérieurs à la recherche de sa clé USB, il était pourtant encore assis il y avait à peine deux heures sur la méridienne, elle ne pouvait pas être bien loin, elle n'avait pas pu s'envoler.
Il stoppa net ses recherches quand un vilain pressentiment s'insinua sournoisement jusqu'à sa conscience.
Non, c'était impossible, Jean-Pierre n'irait quand même pas jusque-là.
Ayant constaté que les gestes de son amant semblaient ce matin plus posés, Philippe en avait déduit qu'il était en phase post-tsunami et avait tenté un vague rapprochement, après que les autres convives avaient déserté peu à peu la table du petit-déjeuner, incommodés par l'odeur de fumée qui d'heure en heure devenait plus présente. Jean-Pierre, sans être démonstratif, n'avait cependant pas repoussé la main qui s'était discrètement mais tendrement posée sur son avant-bras, cela signifiait que son épisode hystérique de la veille avait épuisé l'énergie de la colère, le faisant doucement redescendre à un niveau proche de l'acceptable, où un échange entre personnes dites civilisées devient envisageable.
Certes, sa propension à la jalousie semblait infinie, mais Jean-Pierre ne s'attaquait pas à deux rivales à la fois, fussent-elles imaginaires. Et puis l'écriture était la seule concurrente qu'il avait à peu près intégrée à son quotidien, apprenant avec le temps à respecter l'intimité que Philippe nouait avec l'ouvrage en cours. Jean-Pierre le surveillait du coin de l'œil, s'inquiétant parfois de le voir partir d'un éclat de rire dément, se prendre la tête dans les mains en jurant, ou sortir arpenter la ville au milieu de la nuit sans un mot.

Philippe savait alors que dans ses phases d'écriture, un joker lui était accordé, qu'il n'avait qu'à brandir mentalement la pancarte « je travaille » pour que Jean-Pierre ravale toute tentation de briser la trêve. Ce dernier enfilait ses chaussures fluo, de la fenêtre de leur grand appartement haussmannien, Philippe le regardait aligner les tours de parcs.
Il restait presque imperturbable dans son dessein, tout à son travail, habillé comme un sac et pieds nus sur le parquet en point de Hongrie qu'il avait poncé avec Jean-Pierre, au début de leur histoire, à une époque pas si lointaine où ses droits d'auteur ne lui permettaient pas encore de faire faire le boulot par de moins nantis et où se casser les reins à quatre pattes n'était pas un fardeau, pour peu qu'ils fussent ensemble.

59

La porcelaine fine avait éclaté sur le sol de la cuisine, dans un bruit cristallin, qui résonnait aux oreilles de Tristan de Maresville comme le rire d'un lutin pervers. Il avait ramassé deux misérables morceaux blanc et saphir de la théière, et s'était relevé penaud, un débris dans chaque main, le regard de Sophie avait coupé court à toute excuse. Il avait balbutié, proposant de la dédommager, elle avait tourné la tête sans commentaire.
En même temps, il ne fallait pas exagérer, ce n'était que vaisselle, avait-on idée de mettre en circulation des choses aussi fragiles !
Il se tenait maintenant seul au milieu de la cuisine, avec un tube de colle qu'il avait mendié auprès d'Ernesto. Il avait fait sécher les morceaux au soleil et tentait d'ajuster le plus précisément possible les bords tranchants et courbes du récipient.
Un rayon de soleil s'amusait avec la transparence délicate de la matière. Tristan de Maresville avait lu consciencieusement le mode d'emploi, il avait enduit les deux parties destinées à s'assembler, attendu les deux minutes préconisées, mais rien à faire, ça ne tenait pas.
Ce qui l'inquiétait le plus n'était pas de ne pas y arriver, mais le tremblement qui l'avait assailli, l'empêchant de maintenir les bords en contact plus de quelques secondes. Il excellait pourtant dans la précision, sa main ne faiblissait jamais quand il s'agissait d'accomplir des gestes chirurgicaux, il ne s'y reprenait jamais à deux fois pour enfiler le fil dans le chas de l'aiguille, il avait développé au fil des ans ce qu'il convenait d'appeler un art.
Pourquoi alors, faillir devant une tâche d'aussi peu d'importance ?
Le regard de Sophie lui en avait rappelé un autre, celui de sa mère, il la revoyait dans un ensemble de soie beige nude, le jour où il lui avait offert, pour la fête des Mères, une petite boîte à bijoux en argile, qu'il avait façonnée de ses mains, avec application. Il n'était pas sûr de l'esthétique de l'objet, aussi avait-il demandé à son père s'il était digne

d'être offert. Ce dernier lui avait tendrement passé la main dans les cheveux en lui certifiant que bien sûr, avec tout l'amour et le temps qu'il y avait mis…
Du bout des doigts, elle avait ouvert le papier de soie turquoise qui enrobait la chose informe et l'avait regardée un court instant avec sur les lèvres un petit sourire forcé et déçu, sans surprise toutefois, et s'était tournée rapidement vers son frère et sa gueule d'ange. Elle s'était extasiée sur la broche insignifiante qu'il avait achetée, le visage métamorphosé par la fierté et la satisfaction d'avoir engendré un être qui répondait aussi pleinement à ses attentes.
Perdu dans ses pensées, Tristan de Maresville s'en était extrait comme pris en faute, quand Marina était entrée dans la cuisine pour s'y servir de l'eau fraîche, dans un grand gobelet opaline et bullé.
Elle avait commencé par l'ignorer, contemplant son verre d'un air préoccupé, puis s'était intéressée à son travail de collage, en fronçant légèrement les sourcils, Tristan de Maresville l'en trouvait d'autant plus désirable, il allait bien falloir qu'il trouve une solution au désert sexuel que l'incendie déroulait à ses pieds, la vie ne lui proposant pas d'alternative festive, pour les heures à venir, à son célibat forcé, le condamnant sans doute à méditer sur l'insatiabilité de son appétit en la matière.

60

Sophie avait repris ses comptes, épluché une à une toutes les possibilités de rogner sur ses dépenses, d'augmenter les entrées, de repousser de quelques mois les sorties, les chiffres grouillaient maintenant sur l'écran. Pas besoin de notions de comptabilité pour saisir l'ampleur du problème. Le planning des réservations était loin d'être rempli, les factures s'accumulaient sur son bureau, Sophie évitait de les regarder, elles l'effrayaient.
Pourtant, la donne allait peut-être bientôt changer.
Si tout se passait comme prévu, ses problèmes d'argent pouvaient rapidement se réduire à une vilaine petite cicatrice qui s'estomperait avec le temps. Rien de plus.
Après tout, elle avait toujours refusé ce à quoi elle avait droit. L'orgueil et la rancœur l'avaient tenue à l'écart de la facilité, elle n'avait rien accepté de ce que ses parents adoptifs lui avaient proposé, tout ce fric qu'il ne leur coûtait rien de déverser, les gros chèques avec lesquels ils devaient supposer pouvoir se dédouaner.
Elle revoyait son père, les cheveux argentés et ondulés qui descendaient légèrement sur la nuque, le bronzage toute l'année de celui qui a beaucoup travaillé et qui peut en profiter sans rougir, l'heure de la retraite venue.

— Tout a un prix, Sophie, que tu le veuilles ou non, laissait-il tomber en feuilletant les nouvelles du matin sur la terrasse qui surplombait le lac.

Effectivement. Les preuves de ce postulat n'étaient plus nécessaires, il ne savait pas alors à quel point elle apprendrait bien sa leçon.
En attendant, elle allait devoir patienter, serrer les fesses pendant quelque temps encore, et croiser les doigts pour que la vie réponde.
Enfin, qu'elle croise ou non les doigts, la vie répondrait, ça c'était sûr, mais pas forcément comme ça l'arrangeait. S'il était juste qu'elle

sombre, tout convergerait en ce sens et la conduirait là où elle devait aller, Ernesto n'aurait pas à l'éclairer sur ce point, il y avait quand même quelques données qu'elle finissait par intégrer à force de se prendre des murs en tentant d'échapper au destin.
Sophie inspira profondément et éteignit l'écran. Les chiffres et les factures pouvaient remballer leur litanie, elle avait pour l'heure d'autres chats à fouetter, comme s'inquiéter du déjeuner, par exemple.

61

Marina s'était assise à la grande table de ferme qui trônait au milieu de la cuisine, à la gauche du médecin.

—Si vous voulez essayer d'en tirer quelque chose…

Tristan de Maresville, découragé par la minutie que la tâche exigeait, avait tendu à Marina les vestiges de la théière et la regardait maintenant s'appliquer à faire ce dont il avait été incapable.
Il contemplait sa concentration, les deux petites rides entre les sourcils, la bouche entrouverte et la langue qui se cachait juste derrière les incisives.
Les ongles luisant de vernis rouge, elle manipulait les morceaux habilement, sans mettre de la colle partout, ce que n'avait pu éviter Tristan de Maresville, la colle forte adhérait maintenant à ses phalanges comme une seconde peau.
Drôle de fille, difficile de reconnaître dans la délicatesse des gestes la furie de tout à l'heure, enduite de boue de la tête aux pieds.
Tristan de Maresville s'était levé un instant pour se servir un énième café, sans la quitter des yeux. Il trempait distraitement les lèvres dans le liquide amer et tiède, en se demandant si sa fascination pour la femme ne venait pas du simple fait qu'il continuait encore et toujours à se laisser surprendre, et que cela durerait peut-être tant qu'il y en aurait pour ne pas être comme on les attendait, là où on les attendait. Elles n'étaient pas majoritaires, mais c'était encore et toujours celles-là, celles qui donnaient du fil à retordre, qui l'aimantaient.
Un frémissement mélancolique le parcourut, et l'image de sa maîtresse, dont il n'avait pas de nouvelles depuis deux jours, se superposa à celle de Marina.

— Quoi ?... Ça ne vous convient pas ?

Elle l'avait presque agressé. Il n'avait pourtant rien fait de plus que la regarder.

— Si si, vous vous en sortez très bien.

Elle s'était détendue.

— C'est quoi le problème, alors ? Il fait beau, on n'a rien de mieux à faire que de ne rien faire, relax !

Elle s'était adressée à lui comme à un camarade, ça ne cadrait pas avec l'image qu'il s'en faisait, il allait falloir qu'il sorte des idées préconçues qu'il ne pouvait s'empêcher d'avoir sur autrui. Cette fille n'était peut-être pas qu'une bimbo, bien qu'elle se donnât du mal pour véhiculer cette image.

62

Philippe avait tenté de se remettre au travail, il avait renoncé à chercher sa clé USB, il finirait bien par mettre la main dessus. Il n'était certes pas encore trop avancé dans l'histoire, mais il aimait pouvoir relire les dernières pages pour renouer avec le fil de son récit, se laisser embarquer par l'écume de la dernière vague.
Philippe laissait venir le truc, guettant comme un surfeur l'instant propice, c'était d'ailleurs le seul point commun qu'il pouvait se trouver avec un éphèbe blond, musclé et bronzé.
Il sentait que la mise à l'eau allait présentement être difficile.
Quelque chose le chatouillait, cette histoire de clé sans doute. Sans ce petit morceau de plastique qui recelait l'ébauche de ses délires, il se sentait comme sans ceinture de sécurité, comme nu.
Il tirait avec avidité sur sa cigarette, la fumée inhalée ouvrirait peut-être les vannes.
Sans tomber dans la philosophie de comptoir, est-ce que « perdre la clé » n'avait pas une signification particulière ?
Où s'était-il perdu ces derniers temps ?
Il avait pris sa rencontre avec Adélaïde comme un signe du destin, un tournant à l'horizon, un changement radical qui se profilait derrière l'humeur orageuse de Jean-Pierre et le gris délavé de leurs querelles. Comme si l'adolescence se terminait, comme s'il était raisonnable de revenir à une vie « normale », à commencer par partager sa vie avec quelqu'un du sexe opposé, par exemple.
Car Philippe réalisait soudain qu'avant Jean-Pierre, il s'était contenté d'aventures plus ou moins longues, à la Gérard, avec juste un peu plus de respect pour ses partenaires que son ami, lui semblait-il, mais il ne s'était jamais vraiment posé, sentimentalement du moins, ni projeté dans une construction sérieuse, il n'était que très rarement « tombé » amoureux, ce participe passé lui évoquant d'ailleurs une chute inexorable dont il s'était toujours, lâchement ou sagement, préservé.

Aucune fille ne lui avait jamais fait perdre la tête, il avait toujours su garder un certain recul, amusé parfois, curieux souvent, mais jamais rien qui ne justifiât de perdre le contrôle ou le discernement. Non, décidément, il avait beau chercher au plus loin dans ses souvenirs, il ne se rappelait pas avoir été réellement en proie à un trouble profond et incoercible, si ce n'était, peut-être, cet après-midi-là dans l'atelier de son père, dans l'odeur de résine et de sciure, dans les bras de Gérard.
Et ça le faisait vraiment chier.
Ce constat lui cassait les bras, les jambes aussi, ça le plaquait au sol.
Cette histoire de clé commençait à l'agacer sérieusement.

63

Sophie avait accéléré le pas en entrant dans la cuisine, les relents qui en émanaient lui soulevaient le cœur. Elle n'avait pas rêvé, l'odeur d'urine qui infectait l'atmosphère venait bien du grand foyer du piano de cuisson.

— Qu'est-ce que tu fous ?!

Ernesto lui avait jeté un regard désolé.

— Bah, comme on est tous bloqués ici, j'ai pensé qué cé sérait oune bonne idée dé couisiner lé sanglier, mais… tou sens ?….

Ça, pour sentir, elle sentait.

— Ça poue l'ourine, hein ?…. C'est parcé qué Marius, il l'a toué pendant la saison des amours, d'ailleurs s'il sé fait choper… Mais c'est pas grave, jé vais faire les pétits, c'est meilleur et y'a pas bésoin dé lé faire mariner longtemps.

Super… Bonne nouvelle.
D'un autre côté, elle n'avait donc plus à se soucier du repas.

— On pourra lé manger cé soir.

Merde. Il allait donc falloir trouver quelque chose pour ce midi, improviser avec les moyens du bord, ça n'était pas prévu, les hôtes auraient dû, sans ce maudit incendie, se sustenter à l'extérieur.

— C'est quoi, tout ce bazar ?

D'un geste impatient, elle avait poussé sur le bord de la grande table la colle, des morceaux de papier déchirés et la théière reconstituée, pour y installer les légumes qu'elle avait commencé à glaner dans les panières et corbeilles de la grande cuisine où ils achevaient de mûrir.

— C'est lé toubib, il a fait un atélier collage avec la démoiselle… Tou dévrais pas bousculer la théière comme ça, ils sé sont donnés dou mal.

Sophie avait observé les raccords de la faïence. C'est vrai que ça avait l'air plutôt soigné, comme travail, et puis elle reconnaissait avoir toisé Tristan de Maresville méchamment, quand il avait cassé l'objet, qu'elle avait chiné des années auparavant, dans une période où elle pouvait encore se laisser aller à quelques dépenses futiles, elle avait bien vu qu'il avait accusé le coup, surprenant que quelqu'un comme lui se laisse impressionner par un simple regard, elle n'avait pourtant exprimé aucun reproche. Il ne s'était pas contenté de lui proposer de la rembourser, il s'était manifestement appliqué à réparer sa maladresse.
Sophie émincait finement les légumes, son esprit pouvait continuer à fonctionner, la salade fourre-tout n'était pas le meilleur moyen de calmer le mental, enfin, les mains au moins s'activaient à quelque chose d'utile, c'était déjà ça. Poivrons jaunes et rouges avaient rejoint les tomates noires pelées et coupées en cubes grossiers qui nageaient dans leur jus au fond d'un immense saladier de faïence indigo. Suivaient maintenant des petits bouts de concombres, de fines rondelles de fenouil et d'échalotes, toutes ces couleurs lui mettaient l'eau à la bouche, ne manquait que l'orangé de quelques billes de melon, et ça sentirait vraiment l'été.
En fait, que faisait-elle de plus aujourd'hui qu'à l'âge où on jette des Légo de toutes les couleurs dans la caisse où on n'a pas envie de les ranger ? Le quotidien, rien de bien excitant en perspective, que du concret, du basique. N'était-il pas temps, comme aurait dit Baloo, de se satisfaire du nécessaire ?
Sophie observait sa création culinaire, assez contente du résultat. Elle reposa le Gyuto, un couteau japonais qui avait investi la cuisine en même temps qu'Ernesto, et pour lequel l'italien lui avait fait un cours particulier de découpe, maniant l'ustensile avec la dextérité d'un acteur de film de kung-fu, il aurait mieux fait de lui enseigner les rudiments des premiers secours, Sophie redoutait d'y laisser un jour un doigt.
L'objet était joli. Sophie aimait les couleurs sobres et tranchées de son

manche rouge et noir poli par l'usage et la délicatesse des caractères gravés sur sa longue lame d'acier forgée selon une technique ancestrale, celle-là même qui assurait aux épées des samouraïs leur tranchant légendaire, d'après Ernesto. La dangerosité de l'engin l'avait néanmoins impressionnée, une arme à ne pas laisser entre toutes les mains.

À cet instant précis, Sophie se demandait si la lame entrerait plus facilement dans un corps que celle d'un quelconque et occidental couteau de cuisine. Elle se souvenait de la résistance de la chair à la pénétration de celui qu'elle avait saisi à l'aveugle, derrière elle, sur le bord de l'évier, elle y était pourtant allée franchement, sans hésitation ni remord.

64

Marina évaluait froidement les conséquences de la conversation brève et houleuse qu'elle venait d'avoir avec son client.
Elle lui avait annoncé qu'elle ne pourrait se rendre au rendez-vous de l'après-midi, il l'avait mal pris. Il y avait selon lui rupture de contrat, en clair il n'avait pas cru un instant à son histoire d'incendie, il était persuadé qu'elle ne se consacrait pas rigoureusement à ses besoins, qu'elle jouait sur plusieurs tableaux malgré la générosité dont il faisait preuve, et la clause exclusive qu'il avait posée sur ces trois semaines au soleil. Il avait raccroché en lui conseillant de trouver un nouveau pigeon.
Elle était donc objectivement dans la panade, son projet de demi-année sabbatique tombait à l'eau, étant donné que le financement dudit projet reposait essentiellement sur les rétributions de ce connard.
Marina avait rapidement fait le point sur ses réserves, le calcul était simple, si elle mettait fin prématurément à ses vacances, c'est-à-dire au mieux dès que les barrages seraient levés, elle pouvait tenir deux mois, trois tout au plus en renonçant aux petits luxes qui, dans son esprit, avaient jusque-là légitimé ses choix professionnels.
Ce constat aurait dû l'amener à envisager de rentrer au plus vite, la raison à sortir son agenda et reprendre contact avec les habitués, mais la raison n'avait pas souvent gouverné sa vie, même si Marina s'était ces derniers temps installée dans un certain confort qu'elle aurait méprisé il n'y avait pas si longtemps que ça.
Alors que faire ?
Continuer jusqu'à l'inévitable flétrissement du corps, jusqu'à, comme tant d'autres, devoir un jour recourir aux services de cliniques suisses spécialisées dans le rafistolage des chairs décrépites, petits arrangements avec la nature, nécessaires à une prolongation optimale de leur activité ?
Ce boulot était-il pour elle une vocation, une « carrière » à laquelle elle ne pouvait envisager de renoncer ? Certainement pas, elle avait commencé par défi, par provocation. De qui, de quoi, elle ne s'en

souvenait même plus, une déception amoureuse, l'impression classique mais sincère que sa vie était finie, qu'elle avait tout perdu.
Alors oui, elle pouvait jeter l'éponge sans délai.
Mais qu'allait-elle donc faire de sa peau ?
Si on lui demandait, là, tout de suite, ce qu'elle pourrait faire d'autre, elle n'en avait pas la moindre idée. Elle n'avait développé aucune compétence, elle était restée vautrée à rêvasser, dans « l'idée » de ce qu'elle aurait pu, puis de ce qu'elle aurait dû, voire, somme toute, dans la seule ambition de se laisser sombrer pour voir jusqu'où ça pouvait la mener.
Elle avait bien le souvenir de certaines aptitudes pour les arts plastiques, mais elle n'avait jamais tenté de les approfondir, elle se sentait comme paralysée à la simple évocation d'entreprendre, le moindre obstacle stoppait ses timides élans.
Elle se retrouvait donc à bientôt trente ans avec son physique pour seul atout, sésame pour des contrées qui l'avaient attirée, mais dont il lui semblait avoir fait le tour et qui ne lui seraient pas éternellement accessibles.

65

Tristan de Maresville avait trouvé le message en consultant son portable abandonné sur le grand lit, deux jours qu'il était rivé à l'objet, et il avait suffi qu'il le lâche une petite demi-heure pour rater l'appel.
Ce n'était pas celui qu'il attendait.
Son frère avait laissé un message angoissé, et angoissant par la même occasion, leur mère avait fait un malaise et avait été hospitalisée d'urgence. Il avait tenté de le rappeler, mais cet imbécile ne décrochait pas, il ne lui avait même pas précisé où elle était, ni même quel était son état, ce que les urgentistes en disaient, rien…
On ne pouvait vraiment pas compter sur cet irresponsable, bientôt soixante ans, et encore et toujours au summum de l'égoïsme, avoir pris toute la place depuis toujours l'avait maintenu dans une espèce d'inconscience, toujours incapable de prendre autrui en compte, mais bon, l'heure n'était pas aux règlements de compte, Tristan de Maresville s'était ressaisi, il avait rangé son portefeuille dans sa pochette, ne rien oublier, prendre le chargeur du portable, ses lunettes, réfléchir au moyen de convaincre pompiers et flics éventuels de le laisser passer…
Il s'était installé au volant de sa voiture de sport flambant neuve, celle-là même dans laquelle il s'imaginait, quelques heures auparavant, se laissant porter par l'insouciance de cette belle journée, et quelques mots avaient suffi, il envisageait maintenant le pire.
Il n'était pas si loin que ça de sa mère, juste quelques heures, mais encore fallait-il, pour arriver à son chevet, parvenir à franchir le barrage qu'il apercevait au bout du lacet qu'il venait de négocier dans un crissement d'asphalte, barrage constitué par une voiture de police et deux véhicules de pompiers.
Et en plus de l'inquiétude immédiate et croissante qu'il s'efforçait de maîtriser, il savait déjà pertinemment qu'il ne ferait une fois de plus pas le poids, son frère l'avait devancé. Une fois de plus, leur mère

saurait reconnaître l'élu, l'enfant de l'amour qu'elle admirait tant, adoration à la hauteur de laquelle ce dernier n'avait pourtant rien fait pour se hisser, puisqu'il avait laborieusement effectué de vagues études de droit sans grande ambition, on ne pouvait d'ailleurs pas le lui reprocher, il était sans doute humain de ne pas se fouler quand tout vous est par avance et définitivement acquis.

Tristan de Maresville était descendu de voiture en échafaudant un vague argumentaire, il n'était pas un écrivain à succès, sa renommée ne rayonnait pas en dehors du milieu médical, mais il avait une autorité naturelle qui s'imposait en toutes circonstances, nul besoin en général de quitter l'affabilité et la bienveillance qui le caractérisaient et qui lui avaient maintenu les portes ouvertes, ce n'était pas un obstacle mineur qui pouvait poser problème, ce n'était qu'une simple formalité, il se dirigea donc vers le gros gradé et ses acolytes casqués avec la décontraction contrôlée et bien dosée de l'homme d'importance qui a su garder une élégante simplicité.

66

Marina avait rejoint Sophie et Ernesto dans la cuisine et observait ce dernier ajouter patiemment carottes, gousses d'ail, oignons hachés, thym et laurier dans une grande cocotte vert olive où les attendaient les morceaux débités de ces saloperies de marcassins qui avaient obligé Sophie à prendre des risques considérables, cette dernière se remémorait son épopée dans la colline avec le radeau de branchages et la lourdeur du corps, en parsemant distraitement sa salade géante de morceaux de coppa et de lamelles de parmesan.
Marina regardait et écoutait le liquide rouge aux effluves tanniques s'écouler dans la cocotte, le glouglou lui rappelait le bruit apaisant de l'eau de la grande fontaine, dans le parc du château de son enfance. En fixant son attention sur ce bruit, elle pouvait s'affranchir pour un instant d'un quotidien qui la heurtait et l'effrayait, s'aventurer en toute sécurité vers des sphères plus accueillantes – mais irréelles. Finalement, son autisme à elle avait l'apparence de la normalité, mais n'en existait pas moins. Elle se souvenait des méthodes plus radicales qu'elle employait sans culpabilité pour tromper la peur, dans son lit ou dans la salle de bains, quand elle était sûre que le monde sommeillait. Le plaisir emportait tout sur son passage, la nourrissait, l'emplissait. N'était-ce pas ce qu'elle cherchait dans son activité ? S'emplir ?

Ernesto lui parlait, elle ne s'en était pas rendu compte. Il lui tendait des figues fraîches, gonflées et dont le flétrissement commençait à peine à contracter la peau noire et épaisse.

— Tiens, goûte... On va faire ouné tarté... Tou peux t'en occouper si tou veux...

Elle voulait bien, ça au moins elle savait faire, c'était tout ce que la vieille Jeanne de son enfance l'autorisait à entreprendre dans sa cuisine. Partir de trois fois rien, de la poudre blanche, de l'eau et du sel, et finir avec cette pâte molle et tiède dans l'épaisseur de laquelle les doigts s'enfouissaient, un vrai miracle, elle aurait pétri pendant des heures, les choses prenaient corps et forme entre ses mains, au gré de la pression qu'elle y mettait, elle imprimait à la matière ce qu'elle voulait, celle-ci lui obéissait.

Ernesto l'observait, un sourire en coin, Marina rougit bêtement. Elle saupoudra délicatement la pâte piquetée de poudre d'amande que Sophie avait posée sur la table. C'est aussi comme ça qu'elle envisageait la tarte aux fruits, avec ce petit goût tendre pour absorber le jus. Ça lui faisait un second point de compatibilité avec la propriétaire, en plus d'une conception assez rock du jardinage.

67

Philippe avait rejoint le centre névralgique de la propriété et lorgnait la salade de Sophie. Il avait renoncé à écrire, cette histoire avec Gérard le polluait, rien à en tirer, sans compter que Samuel avait ajouté sa couche de connerie à la journée, lui mettant la pression pour qu'il lui donne un semblant d'os à ronger, quelques bribes, l'ébauche d'un synopsis, au moins le thème. Pourquoi pas un truc un peu engagé, un vent de révolte au détour d'une élection présidentielle qui n'avait passionné personne ? Il pouvait toujours courir. Philippe avait senti ces derniers jours qu'il ne tarderait pas à le harceler, ça n'avait pas loupé, ça avait beau être prévisible, ça n'en était pas moins pénible.

Les filles étaient sorties mettre la table, Philippe s'était approché de la grande cocotte et avait humé la chose, Ernesto avait avancé la cuillère en bois, ah non, pas deux fois, Philippe avait levé la main pour arrêter le geste, ils avaient souri, il valait mieux en rire, effectivement. Philippe avait quand même machinalement fait un tour d'horizon visuel, vérifiant que Jean-Pierre n'était pas dans les parages, il y a des réflexes qui ont la vie dure, d'ailleurs ça faisait un moment qu'il ne l'avait vu ni entendu, Philippe se demandait ce qu'il fabriquait. Peut-être était-il en train de dissimuler sa clé USB Dieu sait où, s'il n'avait opté pour une séance de méditation, ça semblait incroyable, Philippe lui avait ironiquement suggéré l'idée du yoga quelques mois auparavant à l'issue d'une prise de tête, Jean-Pierre l'avait pris au mot, il avait du mal avec le second degré, il s'était donc inscrit à un cours de yoga et depuis Philippe le surprenait parfois dans des positions statiques dont il était jusqu'alors peu coutumier.
Il s'était fait une copine expérimentée et diplômée qui ne le quittait plus et avec laquelle il envisageait d'ouvrir une école. Jean-Pierre avait d'ailleurs déjà tenté de convertir Philippe, mais celui-ci se trouvait assez mou comme ça, inutile d'en rajouter. Quant à la zénitude, il

devait en avoir une bonne dose en réserve, sans cela leur histoire n'aurait pas tenu six mois. En attendant, les projets de Jean-Pierre dans le domaine du bien-être semblaient le canaliser un peu, ce n'était déjà pas si mal.

68

Le gynécologue et Jean-Pierre manquaient à l'appel, Sophie sourit à l'idée qui avait un instant traversé son esprit, c'eût été amusant, improbable mais amusant.
L'air commençait à devenir trop chargé en fumée, elle avait hésité à installer la table à l'intérieur, les autres ne semblaient pas inquiets de la progression du feu, elle n'était pas sûre, mais l'odeur maintenant omniprésente pouvait laisser craindre que le feu se soit encore rapproché. Elle avait essayé d'écouter la radio, avant de rejoindre Ernesto en cuisine, mais la maison était isolée, ça captait mal. Et puis l'incendie n'était pas de l'ampleur de ceux qui ravageaient régulièrement la région, pas de quoi donner de détails aux infos télévisées, par contre, Sophie s'étonnait de ce que le pompier de ce matin ne soit pas repassé leur donner des nouvelles, après tout, cela présageait peut-être d'une situation qui s'améliorait. D'ailleurs, aucun Canadair à l'horizon, c'était plutôt bon signe. Dans le cas contraire, on les aurait sans doute évacués.
Elle prit le temps d'observer ses convives. Marina avait l'air plus à l'aise que la veille, le jardinage de la matinée y était peut-être pour quelque chose, quant à Philippe, il semblait plus soucieux.

— Quelqu'un sait où sont les autres ?

Philippe avait posé la question avec une intonation détachée qui dissimulait imparfaitement une certaine inquiétude. Décidément, le pauvre passait une grande partie de son temps à la recherche de sa moitié, du moins depuis leur arrivée. S'étaient-ils de nouveau disputés ?

— J'ai vou la grossé voitoure rouge décoller dé l'allée il y a oun bon moment, mais votre ami, jé né sais pas…
Ernesto ne savait pas, mais Sophie l'avait vu environ une heure

auparavant, s'étirer en marchant, il se dirigeait vers la zone objet de toute son inquiétude, pourvu que ce casse-couilles n'aille pas fourrer son nez où il ne fallait pas.

La salade gigantesque avait distrait chacun de ses préoccupations, la fumée commençait à couvrir l'horizon, la tablée semblait flotter au-dessus du monde, la mise en scène ne manquait pas de délicatesse, Marina soupirait d'aise, le jardinage avait titillé son appétit, Philippe se foutait définitivement de ses bourrelets, il était à prendre tel quel ou à laisser, il avait passé l'âge des compromis, il testait les surplus de coppa qu'Ernesto avait déposés sans malice à sa gauche, et Sophie s'en remettait à la providence. Après tout, elle manquait de confiance, c'était sa faiblesse. Elle avait donc tenté de se persuader que si Jean-Pierre découvrait la sépulture, c'est que cela était nécessaire, catastrophique mais nécessaire, inutile de s'angoisser.

69

Seul dans l'allée bitumée, entouré de cactus et de plantes grasses de multiples variétés, de valériane, de cistes et de palmiers, Tristan de Maresville était resté un long moment cramponné au volant, le dos voûté, décollé des sièges de cuir sable, le regard choqué et la bouche entrouverte. Il avait du mal à réaliser ce qui s'était passé, et se demandait comment il avait pu échouer face à une équation aussi simple, car rien, absolument rien, ne lui avait permis de parvenir à ses fins.
Il avait pourtant tout essayé, abordé le problème sous différents angles, déballé tous les arguments, en commençant par le rationnel, s'ils voulaient il leur signait une décharge, puis devant l'entêtement de ses interlocuteurs, il avait tenté de les soudoyer, erreur grossière, ça n'avait fait que renforcer leur fermeté, il leur avait donc donné à voir son angoisse, parlé de sa mère, talon d'Achille universel, du moins le croyait-il, il avait laissé entrevoir sa faiblesse, et c'est sans doute ce dernier point, qui en aucun cas n'avait plaidé en sa faveur, qui l'avait fait sortir de ses gonds.
Il avait craqué, complètement craqué.
Un des pompiers s'était marré, un jeune, un petit con de première, il avait ironisé sur sa requête, sur l'inquiétude qu'il avait pour sa « môman », et ça l'avait achevé. Il s'était avancé vers le gars et l'avait giflé. Pas très fort, le geste était ridicule, guindé, Tristan de Maresville en avait conscience, il n'avait pas l'habitude des conflits, les seuls qu'il avait eu à affronter dans sa vie d'adulte finissaient entre les mains de son avocat, un cador, les quelques plaignants qui s'y étaient frottés s'en étaient sortis sans chemise, exceptée son ex-femme, dont l'avocate s'était avérée plus que brillante et l'avait au passage pressé comme un citron.
Du coup, les rires avaient redoublé, Tristan de Maresville avait fait encore un pas vers le gamin, il l'avait saisi par le col de son polo, deux pompiers qui s'étaient jusque-là tenus à l'écart étaient intervenus pour

couper court à l'empoignade qui s'en serait inévitablement suivie, ils lui avaient maintenu les bras en arrière, sans grande difficulté, il avait honte, oui, vraiment, le sentiment qui l'emportait sur l'inquiétude était la honte.
Il aurait dû, dans ces circonstances, une fois la barrière de la correction franchie, taper sur tout ce qui était à sa portée, nécessiter qu'on le couche au sol, que les deux hommes le chevauchent pour le maîtriser, finir avec la chemise déchirée et la lèvre fendue, c'était un minimum, mais non, rien de tout cela.
Tristan de Maresville n'était pas un courageux, non que se battre lui eût ici offert quelque chance d'obtenir gain de cause, mais à perdre la maîtrise de ses nerfs, la moindre des choses eût été d'aller au bout de la démarche.
En règle générale, son sang-froid suscitait l'admiration, passant pour une preuve de force plutôt que de lâcheté. À condition de ne jamais s'en départir, comme il venait d'en faire l'amère expérience.
Et bien sûr, qui venait jadis à sa rescousse, chevalier de tous les combats, avec deux ans de plus et une tête de moins que lui ? L'élu, encore et toujours, qui savait se battre pour une donzelle ou pour l'honneur, parfaite caricature de la virilité. Son frère avait d'ailleurs très jeune arboré une jolie cicatrice au-dessus de l'arcade, sur laquelle les filles passaient leurs doigts délicats en frémissant d'admiration au récit de ses actes de bravoure.
Tristan de Maresville s'était relâché sur le dossier du siège, bras et jambes lui semblaient peser des tonnes, son isolement et son impuissance en ce lieu amenaient au paroxysme les émotions qui l'assaillaient, son inépuisable vitalité lui faisait brusquement défaut.

70

Philippe observait à la dérobée Jean-Pierre qui avait rejoint la tablée, les joues rosies et les yeux brillants, dans un pantalon ample de coton zinzolin, et un petit haut moulant de lycra tourterelle, c'était dingue cette adoration qu'il avait pour les matières synthétiques. Il donnait l'impression d'avoir un truc d'importance à annoncer, de se mordre la langue pour ne pas cracher le morceau, il le réservait peut-être pour un moment plus opportun. Il était étonnamment moins agité que d'habitude, c'était louche, Philippe paria intérieurement pour le yoga, il ne voyait que ça. Il se dit que la journée serait peut-être propice aux aveux, à la crevaison d'abcès, lui parler enfin d'Adélaïde, il pesait le pour et le contre. L'avantage indiscutable d'être en présence d'inconnus qu'il ne reverrait jamais, s'il n'avait été un personnage public, l'aurait sans aucun doute emporté. Il aurait pu rentrer seul si Jean-Pierre avait pété un câble, mettre fin à leur histoire en même temps qu'à cette semaine de break, à l'abri des ragots ravageurs de la vie urbaine, c'eût été un peu facile, Philippe assumait assez bien sa préférence pour la facilité, et de toute façon, il n'était pas adepte des grandes effusions, contrairement à Jean-Pierre.

Il n'était pas sûr d'avoir bien compris, tout à ses hésitations, il lui semblait que Jean-Pierre avait proposé une séance de yoga dans l'après-midi, les autres s'étaient regardés avec étonnement, ben oui, pourquoi pas, ça ne pouvait pas faire de mal, ils avaient rigolé, même l'Italien serait peut-être de la partie, Philippe hésitait à accepter la proposition, quant au gynécologue, qui venait de les rejoindre, à voir sa tête et son air complètement sonné, c'était peut-être lui qui en avait le plus besoin.

On avait fixé la séance à seize heures, Jean-Pierre avait indiqué les tenues à proscrire, Sophie avait proposé son grand bureau, Philippe était tenté, ça lui permettrait de voir si Jean-Pierre était crédible, malgré une nature pour le moins instable et aléatoire, il se régalait d'avance.

Les convives s'étaient extasiés sur la tarte aux figues, ça valait le coup d'être séquestrés dans ces conditions, c'était à se damner, Marina rosissait à son tour de plaisir, ses talents culinaires ne devaient pas être les motifs essentiels des compliments qu'elle avait coutume de recevoir, ils s'étaient séparés dans la bonne humeur.
Le gynécologue s'était attardé, le regard triste, sur la part de tarte qu'il avait du mal à terminer bien qu'ayant été le premier à couvrir la pâtissière d'éloges. Il avait attendu que les autres quittent la table pour laisser l'abattement que Philippe avait diagnostiqué à son arrivée prendre le dessus. Il s'efforçait maintenant de regrouper les miettes à sa disposition en petits tas rectangulaires sur la nappe en lin ajouré, il semblait soucieux de garder sa concentration sur quelque chose de simple, tangible et sans surprise. Les petits tas s'organisaient parfaitement, comme il le souhaitait, et s'il le voulait, il pouvait tout aussi bien balayer l'ensemble d'un revers de main.
Philippe le laissa à ses constructions régulières en gardant en tête le coup des miettes, ça pouvait toujours s'avérer utile, il ne savait pas quand exactement, mais les occasions ne devaient pas manquer de vérifier les vertus de l'activité.

71

Marina avait traîné un moment au bord de la piscine, sans aucune intention de s'y baigner. Elle avait observé, de l'autre côté du bassin, resté seul, accoudé à la grande table, Tristan de Maresville, les yeux bleus qu'il avait presque transparents perdus dans le vide. Elle s'était souvenue de ces mêmes yeux chez son père, quand son taux d'alcoolémie ne le plongeait pas dans les colères qui lui imposaient de rester à ses côtés, et qu'il lui infligeait le récit de sa souffrance.
Ses yeux, si clairs, s'assombrissaient quand il entrait dans une fureur incontrôlable, elle ne s'était jamais habituée à cette métamorphose, quelque chose au fond d'elle avait toujours refusé d'admettre qu'il s'agissait là de celui qu'elle aimait plus que tout, en qui elle avait un jour porté toute sa confiance.
Et que se serait-il passé si elle n'était pas restée, si elle s'était enfuie ou révoltée, au lieu de rester droite comme un i à ses côtés, à l'écouter ressasser les griefs et les questionnements sans réponse que généraient les humeurs versatiles de sa femme ?
Pourquoi ne l'avait-elle pas fait ?
L'homme la terrifiait, du moins était-ce comme cela qu'elle avait justifié de rester sans broncher dans cette espèce de rituel, du père se confiant à sa fille, comme il aurait pu ou dû le faire avec un adulte.
Et finalement, n'y avait-elle pas trouvé son compte ?
Non, bien sûr que non, qu'y avait-elle jamais trouvé ? Rien, ça au moins, c'était sûr.
Mais n'y avait-elle rien cherché ?
Comme elle revenait à Tristan de Maresville face à sa part de tarte, une scène enfouie au loin avait soudain ressurgi dans la mémoire de Marina. Elle était toute petite, deux ou trois ans tout au plus, et elle revit son père, probablement éméché, lui écrasant brusquement une religieuse au chocolat sur le crâne, et personne, absolument personne, n'avait été là pour s'en offusquer. Sa mère était restée de marbre, la

fixant sans un mot, sans un geste. Jeanne s'était figée, silencieuse, à un mètre de la table, à se triturer les mains, sans doute gênée de se trouver au milieu d'une mêlée qui ne la concernait pas.
Qu'est-ce qui avait pu chez son père déclencher une telle violence ?
Marina avait-elle fait un caprice, une remarque ?
Et quand bien même, c'était une enfant, putain.
Marina se souvenait maintenant être rentrée à l'intérieur d'elle-même, elle ressentait en cet instant le froid qui l'avait assaillie alors, avec une précision surprenante, et les rayons qui dardaient aujourd'hui son corps dénudé n'ôtaient rien à cette scène de l'enfance, la chaleur présente ne faisait qu'accentuer le souvenir glacial et vivace que Marina en gardait.
Elle sentait de nouveau le froid l'envahir de l'intérieur tandis que sa peau laiteuse commençait à brûler, elle ne s'était pas protégée.

72

Philippe ne pouvait plus voir l'objet, l'envie de le fracasser contre le mur de la chambre l'avait traversé, et encore, va savoir, cette saleté de portable aurait été capable de continuer à fonctionner, comme le méchant dans les films américains, qui se relève avec quatre balles dans le corps et dix-huit coups de couteau, du cinéma qu'il ne pouvait d'ailleurs pas blairer, il avait fini par l'avouer à Gérard qui en était friand, des années à se coltiner ces merdes par amitié.
Un SMS sur le portable, donc, pour continuer cette journée noire, Gérard lui avait demandé ça sur un ton badin, comme à son habitude, et c'était d'ailleurs pour ça qu'on l'appréciait, ou pas.
Quoi qu'il en soit, Philippe ne pouvait pas refuser, oui, pourquoi pas, au point où on en était…
Et puis ce pauvre Gérard n'était pas censé connaître les affres du trouble qui rongeait Philippe depuis quelques heures, tout ça pour une histoire de pin maritime, de sciure et de sueur.
Alors, oui, bien sûr, il allait accepter d'être son témoin, ça lui faisait juste bizarre, l'idée de se retrouver à la droite de son ami, devant un curé, parce qu'en plus, Gérard ne faisait rien à moitié, il avait donc cédé à la volonté de sa promise de convoler devant Dieu, n'étant pour sa part que le dernier des mécréants, et qui plus est fier de l'être.
Philippe tapotait donc un petit message de circonstance, léger et enjoué, à l'opposé de l'état dans lequel il se trouvait.
Sa relation avec Gérard, à y réfléchir, avait beaucoup reposé sur l'apparente légèreté et le mensonge, a priori par souci de préserver l'amitié, c'est du moins comme ça que Philippe le justifierait, même s'il savait pertinemment que l'opinion de Gérard à son sujet comptait beaucoup.
Philippe hésitait à donner des nouvelles de son séjour provençal, comme le lui demandait Gérard, celui-ci s'inquiétait de savoir s'il avait enfin parlé d'Adélaïde à Jean-Pierre, car même s'il trouvait personnellement que celle-ci manquait de formes, il s'en serait

néanmoins plus volontiers accommodé que de Jean-Pierre.
Philippe en était là de ses réflexions quand il avait entendu hurler au fond du jardin, une fille de toute évidence, il avait jeté un œil par la baie vitrée de la chambre, rien à l'horizon, il s'était naturellement précipité à l'extérieur.

73

Sophie avait trouvé tout le monde agenouillé au chevet de Marina, qu'avait-elle donc inventé pour que toute l'attention converge vers elle, Sophie lui avait accordé un joker quand elle l'avait vue se lâcher et faire fi de son apparence le matin même, mais le naturel revenait au galop, rien de bien surprenant.
Sophie s'était d'abord tenue à l'écart, la scène valait le détour, tous les mecs de la propriété s'empressaient autour de l'escort, excepté Jean-Pierre.
Sophie s'était finalement approchée du tableau grotesque et pourtant si prévisible, apparemment rien de bien grave, pas de quoi ameuter tout ce monde, la belle s'était fait piquer, et comble de l'ironie, si Sophie avait bien compris, sur la fesse.
Par quel animal, c'était visiblement le sujet de la discussion en cours.

— C'est soûrément ouné guêpe, il y en a plein derrière l'appentis !
— Je vous dis que c'est un scorpion.

Marina avait abaissé le bas de son joli maillot noir de façon à ce que chacun puisse évaluer les dégâts et y aller de son hypothèse pour déterminer le coupable. En attendant, la fesse à l'origine bien blanche et tonique commençait à gonfler en un œdème fort disgracieux, Sophie en aurait ri si Marina n'avait sincèrement eu l'air de souffrir le martyre.

— Lé mieux, c'est dé té pisser déssous, c'est commé ça qué font les montagnards quand ils n'ont rien d'autre sous la main.
— Je suis médecin, figurez-vous… Le venin du scorpion, comme beaucoup de venins, est thermolabile.

C'était bien les toubibs, ça, ils pensaient dominer le monde avec leur jargon impénétrable.
Devant l'incompréhension de ses camarades de jeu, Tristan de Maresville avait dû développer.

— C'est-à-dire que son effet est amoindri par la chaleur, on peut par exemple approcher une cigarette de la zone.

Il n'avait pas eu le temps de finir sa phrase que Philippe, le regard guerrier de celui qui a un avantage, en l'occurrence celui d'être le seul fumeur masculin de la propriété, s'était précipité vers la victime en dégainant une cigarette. Il avait aspiré avec force, comme un toxicomane en manque, puis il s'était retrouvé tout con, ne sachant comment s'y prendre pour approcher l'objet de la fessue rotondité. Ils s'y étaient mis à deux, avec le gynécologue, pour maintenir la chair à proximité maximale de l'extrémité incandescente, sans brûler la peau, c'eut été dommage.
Quant à Ernesto, il s'était contenté d'observer leurs efforts, restant sur ses positions, convaincu que l'urine était le remède miracle, Jean-Pierre y était allé de son opinion sur la question, oh mon Dieu quelle horreur, ajoutant une mimique dégoûtée à son propos.
Pour couronner le tout, Philippe avait malencontreusement dérapé et la cigarette était entrée un court instant en contact avec le fessier, Marina avait poussé un cri perçant, Tristan de Maresville avait incendié Philippe avant d'exiger qu'on lui amène de la Biafine sur-le-champ, s'adressant à Sophie comme à une fille de salle incompétente.
Elle avait obtempéré, souriant de la faiblesse des hommes, une paire de fesses et plus rien à en tirer, l'écrivain ne valait pas mieux que les autres, tout bisexuel qu'il était.

74

Tristan de Maresville s'essuyait les mains pleines de pommade avec un torchon immaculé que Philippe s'était empressé de lui apporter, honteux qu'il devait être de sa maladresse.
Marina avait rengainé ses atouts avec difficulté dans son maillot peut-être un peu ajusté, et Tristan de Maresville se liquéfiait presque de désespoir, non de ce que la marchandise ne soit maintenant plus à sa portée, mais du fait inquiétant qu'il n'ait rien ressenti en enduisant cette fesse certes endommagée mais que l'on devinait d'une esthétique parfaite et dont le grain de peau était d'une finesse et d'une douceur remarquables. Il s'épongeait maintenant le front sous l'effet de la chaleur et de rien d'autre, que lui arrivait-il ? C'était à peine croyable, rester de marbre devant un tel tableau, bon sang qu'est-ce qui n'allait pas ? Il était bien sûr abattu par son algarade ridicule, inquiet pour sa mère, déçu par sa maîtresse, mais le manque physique dans lequel la situation le maintenait aurait dû l'emporter sur toutes ces contrariétés, sa voracité sexuelle aurait dû, ne serait-ce qu'un instant, prendre le dessus…
Alors quoi ? L'âge ? Une libido en berne ? Ça arrivait bien aux autres, après tout, pourquoi eût-il été indéfiniment épargné ?
Médicalement, cela pouvait s'expliquer, mais Tristan de Maresville sentait que l'explication n'était pas physiologique, que quelque chose s'était fissuré dans la paroi des certitudes et du confort, quelque chose sur lequel l'homme mûr qu'il était censé être n'avait aucune prise.
C'est en se penchant pour ramasser le tube de Biafine, bien décidé à ne pas se laisser amollir par des considérations psychologiques de comptoir, que la pointe l'avait transpercé, à droite, au niveau des lombes, et merde, il ne manquait plus que ça, il tenta prudemment de relever le buste au maximum, le dos à plat et les jambes écartées, ce n'était pas la première fois, il était coutumier du fait, ça finissait avec des anti-inflammatoires et des antalgiques assez puissants pour soulager un cheval.

Il avait attendu quelques minutes, qui sait, un miracle, une fausse alerte… Puis il s'était résigné. Il avait tourné délicatement la tête d'un côté puis de l'autre, en quête d'une personne charitable à sa portée. Rien ne le contrariait autant que d'avoir à demander quoi que ce soit à quiconque, mais avait-il le choix, la douleur s'intensifiait jusqu'à lui enserrer le cœur, c'est donc la mort dans l'âme qu'il desserra les dents et commença à quémander de l'aide, conscient de la position compromettante dans laquelle il se trouvait.
Il avait fallu qu'il hausse le ton pour que quelques bruits d'herbes froissées se fassent entendre à proximité, puis de nouveau le silence, quelqu'un qui devait visiblement s'amuser de la situation et retardait le moment de s'annoncer.

75

Le faire attendre trop longtemps aurait été inhumain, il ne méritait pas plus qu'un autre de souffrir inutilement, mais il fallait reconnaître que le spectacle de ce mec si sûr de lui dans une posture si inconfortable et peu avantageuse ne manquait pas de piment.
Commencer par se racler la gorge, pour lui signaler qu'il avait un public, le laisser mariner quelques instants, à tenter de se retourner pour identifier l'aide providentielle.

— Vous pourriez m'aider ?!

Il avait fini par s'impatienter. Sophie s'était donc avancée en rectifiant le petit sourire en coin qui l'avait gagnée à la vue du toubib les fesses en l'air, les jambes écartées et le dos à l'horizontale. Elle l'avait aidé à se déplacer en gardant sa position initiale, et ils étaient péniblement parvenus jusqu'à la salle de bains, où elle lui avait annoncé avec un maximum de précautions, après avoir retourné l'armoire à pharmacie, qu'elle n'avait ni antalgique ni anti-inflammatoire, cela faisait plusieurs années que Sophie avait décidé de se passer du cataplasme sur jambe de bois que représentait à ses yeux la médecine conventionnelle, elle se contentait dans la mesure du possible de remèdes de grands-mères, mais dans un cas d'urgence comme celui-ci, elle devait bien reconnaître qu'elle se retrouvait démunie.
Tristan de Maresville commençait à transpirer à grosses gouttes, il était pâle comme un linge, Sophie avait accepté de faire le tour de la maison et de ses locataires pour tenter de trouver mieux qu'un Doliprane, le toubib avait ri jaune quand elle avait sorti du fond de son sac à main deux misérables gélules, dans de l'aluminium craquelé qui laissait peu de doute sur le fait que la date de péremption était dépassée depuis belle lurette, et puis sans Lamaline au minimum, que pouvait-il espérer ?

Ernesto n'était pas non plus un adepte des remèdes violents, et de toute façon, elle n'avait pas réussi à le localiser, pas plus que le couple de randonneurs, seule Marina lézardait au bord de la piscine, mais elle n'avait rien dans ses bagages qui eût pu soulager le gynécologue.
Sophie l'avait retrouvé là où elle l'avait laissé, à l'entrée de la salle de bains, il s'était mis à quatre pattes, elle s'était entendue lui proposer un massage, elle s'était vaguement formée, à l'époque où elle cherchait une solution pour mettre fin à son contrat dans le monde de l'éducation, auprès d'un ami passionné de bien-être et qui avait sillonné le monde en quête de méthodes de soins naturelles, elle n'avait pas souvent l'occasion de mettre ses leçons en pratique, mais elle avait pu vérifier quelques fois l'efficacité de la méthode.
Tristan de Maresville avait tourné la tête et lui avait lancé un regard fatigué et sceptique, mais finalement, aucune alternative ne se profilant à l'horizon de son désespoir, il avait accepté de la suivre dans cette position canine jusqu'au bureau qui jouxtait la salle de bains.
Sophie avait apprécié la scène, un pur bonheur, une laisse cloutée de cuir noir épais autour du cou du pauvre homme aurait été du plus bel effet.

76

Philippe regardait avec inquiétude le paquet de cigarettes qu'il hésitait à écraser, qui sait, il pourrait fermer les yeux sur un emballage vide et les rouvrir sur vingt petits rouleaux qui n'attendraient que ses lèvres pour s'y loger, ces deniers jours avaient été suffisamment rudes pour que la vie fasse un instant preuve de clémence et de grandeur.
Il avait cherché Sophie, son fournisseur officiel du bout du monde, et l'avait trouvée barricadée derrière la porte de son bureau, elle n'en était pas sortie pour lui répondre, Dieu sait ce qu'elle fabriquait, non, elle n'en avait plus, les cigarettes de la veille étaient ses dernières, peut-être Marius, le voisin, il fumait des gitanes maïs sans filtre, bon sang c'était impensable que ce machin soit encore en vente, mais elle n'était pas disponible pour l'instant, elle l'appellerait dans un moment.
Plus de clé USB, plus de clopes, en résumé, pas grand-chose à tirer de cette fichue journée.
En tambourinant du bout des doigts sur la table de la terrasse, Philippe contemplait Marina qui avait enfilé un paréo glycine, sans doute pour cacher la boursouflure qui ornait sa fesse gauche. La jeune femme semblait prendre les événements pour ce qu'ils étaient, de simples nécessités dont on ne connaissait pas par avance les finalités.
Il avait beau essayer de se convaincre de lâcher prise face à des éléments sur lesquels il n'avait manifestement aucune influence, ces accumulations de petites contrariétés, dans un lieu pourtant paradisiaque, lui laissaient une impression désagréable et grandissante que l'étau se resserrait, qu'on n'y échapperait pas, qu'on ne pouvait indéfiniment repousser les trucs à faire, les choses à dire, les décisions à prendre, comme on empilerait des factures dans une boîte dont on s'empresserait de fermer le couvercle pour les oublier afin de continuer à jouir de l'instant dans une éternelle insouciance.
Il aurait donné l'intégralité des droits d'auteur de son prochain ouvrage pour que toutes les choses peu réjouissantes qui se rapprochaient

inexorablement soient prises en charge sans qu'il ait à s'y impliquer d'une quelconque façon, il voulait bien croupir au fond d'une cale à ramer sur la fiction qui était encore à écrire plutôt que de finir écartelé par les décisions que la réalité lui imposait de prendre.
Même Jean-Pierre, tout irresponsable et agité puisse-t-il être, était capable d'agir et de trancher dans le vif, en un instant parfois, c'en était remarquable, alors que lui-même avait souvent attendu, tétanisé, que d'autres que lui fassent avancer ou basculer les choses.
Philippe était encore surpris du calme avec lequel Marina avait accepté l'incident, il n'y connaissait rien, mais il supposait que la brûlure laisserait une bien vilaine cicatrice, une autre qu'elle lui aurait peut-être intenté un procès pour endommagement de son outil de travail, il s'en voulait quand même à mort, fallait-il être à côté de ses pompes pour merder de la sorte ?
La belle s'abandonnait sur un transat, à quelques mètres de lui, et semblait sourire au soleil qui ne prenait pourtant aucune précaution pour la transpercer de ses rayons, Philippe l'eût volontiers tartinée de crème solaire, peu de chance qu'elle le laissât de nouveau s'approcher, il avait fait la preuve de son inaptitude.

77

Tristan de Maresville s'était laissé faire, il n'avait bien sûr pas pu l'aider à ouvrir la table de massage, elle avait eu toutes les difficultés du monde à s'en sortir, ça n'augurait a priori rien de bon, elle ne devait pas pratiquer des masses, en même temps que risquait-il, dans l'état où il se trouvait, qu'aurait-il encore pu craindre, quelle foudre nouvelle aurait encore été susceptible de le prendre pour cible ?
Elle avait commencé à le masser sans le déshabiller, il avait juste déboutonné sa chemise d'une main, à quatre pattes, puis elle l'avait aidé à se hisser sur l'étroit matelas recouvert d'une housse d'éponge râpeuse, il avait gémi en enfonçant la tête dans l'ouverture prévue à cet effet.
Il s'était d'abord raidi au contact de ses mains froides, comment pouvait-on avoir les mains gelées en cette saison ? Le syndrome de Raynaud, peut-être ?
Il n'y avait tout d'abord pas prêté attention, une odeur familière sur laquelle il ne pouvait mettre un nom enveloppait la pièce plongée dans la pénombre et pénétrait doucement ses narines.
Les mains de Sophie avaient peu à peu fini par prendre la température de son corps, il avait encore frémi quand elle avait versé quelques gouttes d'une huile odorante et camphrée au creux de ses reins.
Elle avait attendu qu'il se détende un minimum, elle faisait maintenant glisser le pantalon sur ses jambes, la gauche encore raidie par la douleur qui irradiait jusque dans son gros orteil, elle devait avoir les mains pleines d'huile, elle allait tacher le tissu.
La vue du parquet par le trou dans lequel il avait la tête coincée n'ayant pas grand intérêt, il n'avait pas tardé à fermer les yeux, les mains remontaient progressivement le long de sa jambe, elles semblaient suivre une ligne mystérieuse mais précise, dans d'autres circonstances, ça aurait même pu être agréable.
Il reconnaissait d'ailleurs que la douleur s'apaisait un peu, jusqu'à ce qu'elle lui enfonce subitement et sans sommation le coude dans la

fesse, cette fille était complètement cinglée, la souffrance pouvait-elle rendre con au point de ne s'être point méfié, il n'aurait jamais dû accepter qu'elle le touche.
Il s'était arc-bouté comme un poisson sorti de l'eau, puis toute douleur avait cessé, il avait hésité, sceptique, à relâcher son corps sur la surface étroite et inconfortable du matelas, mais non, il ne rêvait pas, il ne ressentait plus aucune douleur. C'était impossible, elle avait dû anesthésier la zone, il ne voyait pas d'autre explication.
Elle l'avait invité à se détendre, il avait obéi, il était scié, rien à voir avec l'action limitée, il fallait le reconnaître, d'un kiné ou autre papouilleur du genre.
Quant à ce qui avait suivi, il n'aurait pu le prévoir, il savait qu'il allait le regretter amèrement, mais il ne s'y attendait tellement pas, avec une simili-camionneuse de surcroît, l'absurdité de cette journée aurait-elle une limite ?

78

Nue devant le grand miroir, elle observait sa fesse amochée, elle venait de remettre un peu de Biafine sur la plaie causée par Philippe, le pauvre était vraiment maladroit, mais il lui avait par là même fourni de quoi approfondir ses interrogations quant à son avenir professionnel.
Ne fallait-il pas y voir le signe qu'un gagne-pain fondé en grande partie sur l'apparence, malgré des compétences indéniables, ne pouvait plus lui convenir ?
Elle avait enfilé le grand peignoir de bain et était descendue dans la cuisine.
La nécessité de l'acte s'était imposée comme une évidence, elle avait ouvert les tiroirs un à un avec impatience avant de trouver son bonheur, une vieille paire de ciseaux aux branches orange vif dont le tranchant avait visiblement vécu, peu lui importait, ça ferait l'affaire.
Penchée au-dessus de la vasque de verre de la salle de bains, elle avait saisi une première mèche, elle avait glissé les ciseaux au niveau de la nuque, puis les avait remontés au niveau de l'oreille, puis elle avait défié son regard dans le miroir. Sans se donner le temps d'imaginer le résultat, elle avait finalement opté pour une coupe à quelques centimètres du crâne, la rébellion n'admettait pas la modération. Elle avait entamé l'élagage, les ciseaux avaient eu du mal avec les cheveux pourtant assez fins, ils étaient habitués à des matériaux plus tendres, la première mèche était à ses pieds, la boucle rousse s'enroulait sur elle-même, comme un petit animal recroquevillé.
Une catastrophe.
Elle avait tenté de faire en sorte que les mèches suivantes soient un peu moins courtes, de façon à pouvoir faire égaliser l'ensemble dans quelque temps, mais au fur et à mesure de l'avancée de la taille, le résultat lui semblait monstrueux.
Voilà, c'était fait.
Ainsi, ce n'était pas plus compliqué que ça.
Trois coups de ciseaux pouvaient vous casser une image, faire tomber

les barrières qu'elle avait érigées avec application. Bien sûr ça ne suffirait pas, ce n'était qu'un début.
Elle avait penché la tête en avant, avait secoué des deux mains les touffes hirsutes qui lui restaient sur la tête, et avait rouvert les yeux sur ce qu'elle était vraiment, nue, au commencement, acceptant sans serrer les dents de laisser couler une larme, avec du waterproof, tout était possible, elle pouvait se lâcher.

79

Elle avait pourri les touches de la mini chaîne qui trônait sur le manteau de cheminée, ses mains étaient grasses, elle avait un peu chargé sur l'huile. Un fond sonore approprié était sans doute nécessaire, le sujet semblait des plus méfiants. Ça lui était venu comme ça, quand il s'était enfin un peu détendu. Elle savait qu'il en faudrait plus pour pouvoir maintenant, la douleur résorbée, pratiquer un massage digne de ce nom. Son choix s'était porté sur Bachar Mal Khalifé, sa voix grave, douce et profonde, le genre de truc qui peut t'emporter sans que tu aies le temps de voir la vague arriver.

Elle était remontée le long des omoplates, doucement d'abord, du plat de la main puis du bout des doigts, il était tendu comme une arbalète, elle s'était attardée sur chaque corde, il semblait être passé sous un rouleau compresseur, complètement démoli, sa sciatique n'était sans doute que la partie visible de l'iceberg, il avait dû se torturer depuis un moment avant d'en arriver là. Ses mains avaient ensuite oublié ce que son ami lui avait enseigné, elle s'était elle-même laissé porter par les remous et les embruns de la musique, tour à tour dans la délicatesse, à la limite de l'effleurement, jusqu'à tordre l'instant suivant les chairs en profondeur.

À l'écoute.

À l'écoute de l'autre et de ce que ses mains réveillaient.

Elle s'était attardée sur les reins et le haut du dos, elle avait remarqué dès son arrivée à la propriété comme il était voûté, sa grande taille n'en était peut-être pas l'unique raison. Il s'était retourné quand elle le lui avait doucement demandé. Elle avait posé sa main sur l'abdomen, lui suggérant de le gonfler le plus possible et appuyant ensuite fermement de la paume pour en vider l'air au maximum, jusqu'à ce qu'il soit obligé de remplir de nouveau et en urgence ses poumons.

Quelques minutes de ce traitement avaient été nécessaires pour qu'il se relâche aussi dans cette position, comme si s'offrir de face, sans protection aucune, sans possibilité de faire le dos rond, remettait en

cause tout le travail effectué sur la face postérieure du corps. Alors seulement, elle avait pu reprendre les va-et-vient au feeling, comme une chorégraphie plus qu'un massage, sur le torse et le ventre, là où tout se conserve, se concentre et fermente.
Le toubib avait relâché sa méfiance, il semblait parti pour des contrées qu'il n'avait pas choisies et auxquelles Sophie n'avait pas accès, il avait sans doute oublié sa présence et la réticence évidente qu'il avait à son égard.
C'est quand elle avait posé ses mains sur ses clavicules, y imprégnant toute la douceur et la chaleur dont elle ne se savait pas capable qu'il avait chaviré, il avait complètement perdu le contrôle, et elle n'avait rien fait pour endiguer le phénomène.

80

Marina avait quitté la piscine depuis un bon moment et Philippe regrettait de n'avoir d'autre objet de distraction pour occuper son après-midi et lui faire oublier le manque de tabac et d'inspiration. Il hésitait encore au sujet de son éventuelle participation à la séance de yoga, quand Ernesto avait de nouveau fait appel à ses services, ça devenait une habitude, il devait puer le mec qui s'emmerde à mille euros de l'heure, l'écrivain oisif et glandeur par excellence, qu'à cela ne tienne, il s'agissait cette fois d'éloigner de la maison des bonbonnes de gaz qui traînaient derrière la cave, encore un truc de forçat, il sortirait de ce séjour tonifié, il espérait qu'Adélaïde serait sensible au soin qu'il apportait à son allure, Jean-Pierre quant à lui n'aurait pas le temps d'en profiter, son courroux en serait sans doute amplifié.
Philippe avait manqué s'écraser le pied avec une des énormes bonbonnes à moitié rouillées, c'était bien le moment, à croire qu'il le faisait exprès, à se demander si la maladresse ne relevait pas dans son cas d'une certaine complaisance. Finalement, Ernesto avait préféré lui confier une tâche moins risquée, Philippe s'appliquait maintenant tant bien que mal à enrouler deux immenses tuyaux d'arrosage indémêlables, abandonnés à bonne distance de la propriété, dans les restanques d'où il pouvait constater la progression du feu.
Ernesto n'avait pas donné de détail, mais il devait réellement s'inquiéter pour mettre ainsi en œuvre les consignes énoncées le matin même par le spirituel brigadier Tisonnier, Philippe se rappelait, avant qu'il ne le laisse seul avec Sophie, l'avoir effectivement entendu parler de tuyaux à rentrer impérativement le moment venu pour avoir de quoi tenir au mieux le feu à distance avant l'arrivée des pompiers. Il eût donc peut-être été normal que Philippe commençât à flipper, mais non, la panique légitime susceptible de s'emparer de quiconque en présence d'un danger réel et imminent lui était étrangère.
Philippe se disait que d'autres seraient ici encore plus à même que lui,

le cas échéant, de résoudre le problème, de prendre le taureau par les cornes, voire de risquer leur vie pour contrer les éléments. Ce n'était définitivement pas dans sa nature, il espérait qu'Adélaïde s'en accommoderait, il n'avait pas encore eu l'occasion de faire montre en sa présence de sa paresse ni de sa couardise, pas encore eu l'occasion de ne pas se jeter, corps offert, entre elle et un quelconque danger. Il se rappelait cet ami, aventurier au physique bestial, quoique d'une grande finesse d'esprit, qui avait au cours d'une soirée bien arrosée fait le récit et mimé comment il s'était, lors d'un séjour au cœur d'une forêt du grand nord canadien, emparé du premier rondin de bois à sa portée et avait poussé un hurlement animal tout en brandissant son arme de fortune face à un imposant grizzli qui menaçait sa compagne. L'animal s'était enfui… Philippe n'osait imaginer la même scène avec lui dans le rôle du sauveur, peut-être aurait-il poussé Adélaïde devant lui pour se protéger, oui, pour être honnête, c'est une option qu'il aurait pu, dans de telles circonstances, envisager.

81

Tristan de Maresville avait manqué de vigilance, tout simplement. Bien sûr il perdait parfois et volontiers le contrôle, mais dans des circonstances où la chose était admise sinon appréciée. Cette journée avait sombré dans l'absurde depuis quelques heures et ne semblait pas décidée à revenir sur un terrain rationnel où il aurait su, comme à son habitude, tirer son épingle du jeu.
Il avait suffi d'un simple massage, dont il reconnaissait par ailleurs bien volontiers la qualité et les bienfaits, pour descendre encore un peu plus bas dans l'estime qu'il avait de lui-même, pour s'enfoncer encore un peu plus dans un état proche du chaos.
Il s'était liquéfié, répandu, comme une véritable bouse, comme un liquide flasque et inconsistant, sous les mains de cette fille, et cette idée lui était insupportable.
Elle le massait depuis un moment déjà, elle s'était attaquée auparavant à des zones corporelles bien plus sensibles, pourquoi diable s'était-il effondré quand elle avait posé ses mains sur le haut de son torse ? Des larmes dignes d'un enfant de cinq ans, il avait donné cela à voir à une inconnue, sans aucune retenue, il avait senti le liquide chaud lui couler dans les oreilles sans même songer, sur l'instant, à se ressaisir.
Un manque incommensurable s'était subitement creusé dans sa poitrine, un puits sans fond, un gouffre infini.
Il avait suffi de deux mains inconnues, féminines et sur lesquelles il n'aurait pas été à même de projeter un quelconque fantasme, pour qu'il ressente pleinement et pour la première fois une souffrance si grande, au regard de laquelle la douleur de la sciatique faisait figure de broutille.
Tristan de Maresville ne savait pas combien de temps il avait ainsi exposé sa faiblesse. Elle l'avait au bout d'un moment abandonné sur l'éponge rêche, elle lui avait murmuré de prendre son temps et s'était éclipsée, après lui avoir déposé une boîte de mouchoirs sur le bas-ventre. Et il se retrouvait là comme un con, dans la pénombre de cette

grande pièce dont le mobilier était réduit au minimum, au creux d'une après-midi torride où, à quelques kilomètres de là, d'autres que lui jouissaient pleinement de la légèreté de ces heures, qui présageaient d'un été caniculaire et joyeux.
Il n'avait aucune idée du temps qui s'était écoulé depuis le départ de l'hôtesse, mais des voix s'approchaient dans le couloir, il s'était empressé de renfiler pantalon et chemise, et de se recoiffer d'un rapide coup de doigts.

82

Marina se démontait le cou en tentant de reproduire à l'identique les postures que Jean-Pierre enchaînait avec l'aisance et la souplesse d'un fil de scoubidou.

Il leur avait brièvement exposé les finalités de la chose avant d'entrer dans le vif du sujet. Il avait eu beau les échauffer comme il se devait, Marina et Sophie avaient toutes les difficultés du monde à exécuter les figures, seul Ernesto, unique élève masculin du groupe, s'en sortait honorablement.

Non que Marina manquât de souplesse, mais elle avait du mal à prendre conscience de sa respiration, elle avait toujours respiré à l'économie, souvent presque en apnée, comme en attente d'une catastrophe imminente, comme si respirer trop fort et trop loin pouvait réveiller le monstre tapi dans l'ombre. Elle s'efforçait de suivre les conseils distillés au fur et à mesure de la séance par Jean-Pierre, mais elle n'arrivait pas à se centrer sur son corps, ses pensées la parasitaient.

Elle avait connu un instant de panique en croisant le regard des autres à son entrée dans la salle. Sa nouvelle coupe les avait visiblement estomaqués, Jean Pierre n'avait su cacher le fait qu'il ne validait pas la métamorphose, Ernesto avait souri d'un air amusé, ce mec était décidément étrange, pas moyen d'interpréter ses sourires à la noix, Sophie quant à elle, passée la surprise initiale, avait considéré Marina d'un regard neuf, comme si elle méritait enfin qu'on la prenne au sérieux.

Non, décidément, Marina n'était pas à l'aise dans cette nouvelle discipline censée conduire à l'illumination. Elle préférait de loin les activités physiques qu'elle maîtrisait, ou le but du jeu n'était pas d'entrer en soi mais bel et bien d'en sortir et de faire en sorte que l'autre perde la maîtrise, c'est ce qui l'avait nourrie ces dernières années, et pas seulement par les revenus juteux qu'elle en tirait.

Chaque fois qu'une vanne s'ouvrait en face d'elle, elle recueillait et se nourrissait de ce que l'autre laissait échapper, souvent malgré lui. Ainsi chacun, dans ces relations tarifées, bouffait l'autre, le pompait au maximum, et repartait avec la sensation illusoire et éphémère de plénitude. La tête en bas, dans une position au nom exotique qui n'était ni plus ni moins qu'une vulgaire chandelle, Marina envisageait tout ce qui était autour d'elle d'un autre point de vue, tant et si bien qu'elle ne vit pas arriver la lumière fulgurante qui éclata quelque part dans sa tête avant qu'une pluie de petites billes noires et humides n'envahisse l'envers de ses paupières.

83

On n'avait pas trouvé Tristan de Maresville, aussi Sophie avait-elle pu mettre en pratique un truc que son ami adepte des médecines parallèles lui avait appris. Elle avait pris la main de Marina qui gisait inanimée sur le parquet du bureau, elle avait quand même un peu hésité, et devant l'inefficacité des petites tapes que Jean-Pierre assénait aux joues pâles de la jeune femme, elle avait croqué franchement la petite phalange de l'auriculaire.
Ça marchait bien, cette technique censée relancer le cœur. Marina était revenue parmi eux en gueulant, Sophie avait observé l'empreinte de ses incisives restée imprimée sur le doigt de la jeune femme, ça lui rappelait quelque chose, mais quoi ?
Philippe, appelé à la rescousse et n'étant lui-même d'aucune utilité, avait arpenté la propriété et avait fini par mettre la main sur le toubib, ils avaient déboulé trop tard, le grand ponte était visiblement un peu déçu qu'on se soit aisément passé de sa science et de ses services.
Sophie l'avait trouvé moins en représentation qu'à son arrivée, il avait perdu de sa superbe et de son arrogance dissimulée derrière un sourire calculateur, ça le rendait presque supportable. Pas fréquentable, mais supportable.
La séance de yoga avait repris là où elle en était, les postures hasardeuses avaient été proscrites par Jean-Pierre, Marina n'avait pas renoncé, malgré les mises en garde du gynécologue, décidément, elle avait du ressort sous sa façade d'escort superficielle.
Sophie ramait pour suivre Jean-Pierre, elle n'était pas trop motivée, elle constatait une fois de plus qu'il fallait un peu plus de virilité et de violence dans l'effort pour que ça lui plaise, mais elle ne voulait pas s'éclipser et risquer de froisser le professeur, il s'était montré imprévisible et susceptible, il ne s'agissait pas qu'il reprenne le large avec le feu qui rôdait.
Ernesto s'était peu à peu rapproché d'elle, elle ne l'avait pas vu venir, et le salaud avait profité d'un instant où Jean-Pierre lui tournait le dos pour revenir à l'attaque.

— Alors, ça té manque ?
— Quoi ? !
— Cé qué tou as donné ?

De quoi parlait-il ? Du massage ? Et puis d'abord, comment savait-il que massage il y avait eu ?
Sophie n'avait pas répondu, elle avait fait mine de se concentrer sur la gestuelle de Jean-Pierre pour couper court à toute tentative d'approfondir le sujet. Elle avait continué à étirer bras et jambes au maximum et en douceur, laissant Ernesto à ses suppositions indiscrètes et à ses conclusions simplistes, elle n'entrerait pas dans son jeu, l'introspection et elle n'étaient définitivement pas compatibles.
Et puis si elle avait donné quoi que ce soit, c'était bien malgré elle, on n'allait pas en faire un plat.

84

OK, c'était un peu tôt, mais la culpabilité n'était pas son talon d'Achille, Philippe regardait la bouteille que Tristan de Maresville avait commandée à Ernesto, un Château Montrose 1990. Il ne savait pas ce qu'il comptait fêter, mais il allait payer ça une blinde, une année de ouf, un truc à renier père et mère, à vendre son âme, un millésime inoubliable, Samuel avait, quelques années auparavant, célébré le tirage d'un de ses ouvrages au-delà des 200 000 avec ce cru exceptionnel, et Philippe étant à l'origine de la manne, il n'avait pas hésité à étudier le breuvage avec zèle, il ne se souvenait plus où ni en quelle compagnie il avait émergé au matin suivant dans un état qu'il n'avait jusqu'alors jamais réussi à atteindre, un peu honteux, le précieux nectar méritait mieux qu'une gueule de bois.
Le liquide respirait pour l'instant au fond d'une carafe au bec joliment ciselé de métal argenté, Tristan de Maresville venait de sortir un cigare d'un diamètre qui aurait effrayé Jean-Pierre lui-même, Philippe avait accepté un engin plus modeste, le goût du tabac retrouvé la veille lui manquait déjà, alors bon, il n'appréciait pas plus que ça, mais ça le ferait patienter. C'était couillon quand même, d'avoir craqué après des années d'abstinence, mais s'il fallait faire des choix, qu'au moins on ne lui demande pas des efforts dans tous les domaines à la fois, qu'on lui laisse quelques bouées à portée de main, quelques substituts à portée de lèvres.
Philippe avait allumé simplement son cigare, Tristan de Maresville s'était quant à lui lancé dans tout le cérémonial chiant auquel certains se soumettent, de peur de passer pour des blaireaux, étant donné qu'ils fument des cigares de la taille d'un tronc d'arbre précisément pour prouver le contraire. L'amateur de Vitoles avait donc sorti l'attirail du spécialiste, le coupe-cigares, le briquet à gaz grande classe, il avait caressé l'objet oblong, il l'avait palpé avec douceur, puis il avait chauffé la feuille odorante au sommet de la flamme, Philippe avait ravalé un sourire, après tout, chacun son trip.

Le gynécologue lui avait proposé de goûter le vin, il ne s'était pas fait prier, il avait humé le liquide presque épais qui tapissait les parois du verre, puis avait découvert l'arôme divin, un équilibre parfait, une profondeur à en oublier tout le reste.

— Et c'est quoi, votre boulot, exactement ?... Vous êtes chirurgien, c'est ça ?

Tout filait tranquillement vers la soirée, quand Philippe avait posé la question con, il ne savait pas ce qui lui avait pris, le silence était jusque-là idéal, pas l'ombre d'un couac à l'horizon, aucun enjeu en vue. S'en était suivi un exposé ennuyeux à mourir des avancées médicales que Tristan de Maresville avait permises et dont Philippe n'avait bien évidemment que faire, le tout sur un ton de fausse modestie, puis le grand homme avait énuméré ses innombrables voyages, Philippe se mordait la langue en se disant qu'il avait mis une pièce dans un juke-box diabolique qui semblait ne plus pouvoir s'arrêter.
Dieu que ce type était creux, visiblement plus sot que méchant, Philippe vérifiait une fois de plus que les mecs qui s'estiment particulièrement intéressants s'avèrent immanquablement fatigants et redoutables. Il pensait en soupirant à tous les gars qui ne se contentent pas d'être cons, mais qui ont des trucs à prouver.
Le discours du médecin tournait en rond, il semblait facile de faire l'inventaire de l'individu, cet homme n'avait manifestement pas pris le temps d'observer la vie ni de s'observer lui-même. Philippe en avait ressenti une immense compassion, il avait joui du liquide charnu dans sa bouche et de la rondeur de la fumée qui lui faisait écho, songeant au fait qu'il n'aurait échangé sa vie, ses errances et ses déroutes contre aucune autre.

85

Tout s'était un peu précipité, Ernesto avait quitté le cours de yoga avant les autres, Sophie avait pensé qu'il était las de l'activité, mais il était très vite revenu entrouvrir la porte et lui avait fait signe de le rejoindre. Il lui avait exposé la situation, le feu était maintenant aux portes du terrain, même à trois pour cent de progression en descente contre neuf en montée, il ne fallait pas prendre de risques, Sophie se demandait bien pourquoi on n'envoyait pas de Canadairs, elle avait pensé qu'en cas d'urgence, la solution privilégiée par les autorités serait celle-là. Tristan de Maresville, connecté H24, avait la réponse. Un bombardier d'eau s'était écrasé la veille, les parapluies d'usage s'étaient ouverts, le ministère de l'intérieur avait par précaution cloué les oiseaux jaunes au sol.

Philippe et le toubib avaient ramassé verres et carafe, éteint à regret leurs cigares, et avaient rejoint leurs camarades de jeu à l'intérieur, l'assignation à résidence se transformait en confinement. Les volets avaient claqué, Ernesto avait fermé la trappe de la cheminée, et tandis que les pragmatiques avaient obturé les interstices des fenêtres de linges humides, ceux qui avaient plus de mal avec la matière s'étaient concertés sur ce qu'il était vital de descendre dans ce qui n'était ni plus ni moins qu'un bunker, fruit de la parano du propriétaire précédent, comme quoi la folie d'un homme peut parfois rendre des services.

Sophie s'était demandé, en visitant la propriété, comment il était possible de concevoir un tel truc, quel délire pouvait amener quelqu'un à se faire construire un abri censé protéger de tout, attaque nucléaire, chimique ou biologique, pour la connerie, c'était moins sûr. En attendant, ça n'empêchait pas les hôtes de râler, mais ça ôtait à la situation tout risque de débordement hystérique, il n'y avait plus qu'à espérer qu'il n'y ait pas un claustro dans le tas et que cette petite parenthèse en profondeur ne s'éterniserait pas.

Ironie du sort, l'entrée insoupçonnable se situait derrière le fameux

congélateur, toujours aussi lourd quoique délesté de ses chargements successifs, Ernesto, Tristan de Maresville, Philippe et Sophie l'avaient déplacé, puis elle avait dû remonter chercher les codes de déverrouillage des deux portes blindées, étanches à tout.
Ils avaient enjambé des objets improbables qui traînaient au sol, des pulvérisateurs de décontamination et deux radios dynamo, on ne sait jamais, des fois que la première ne fonctionne pas. Ils avaient intégré leur abri de béton armé en procession, Jean Pierre en tête, les bras chargés de coussins et de polaires, s'inquiétant de moisissures éventuelles, devançant Philippe, armé de la carafe et de deux autres bouteilles aux étiquettes jaunies et prometteuses, suivi de Marina qui s'était munie d'une simple boîte de carton blanc enrubannée d'un élégant galon rouge Andrinople contenant quelques douceurs, talonnée de très près par Tristan de Maresville, qui avait fait le plein de verres dans la cuisine. Ernesto fermait la marche, des victuailles entassées dans un sac à dos, pour éviter les allers retours, et dans les mains la cocotte de daube, dont la perspective avait consolé les hôtes.
La soirée ne s'annonçait pas torride, mais Sophie espérait qu'elle serait un minimum conviviale.

86

On avait commencé à s'appeler par les prénoms, sans se tutoyer néanmoins, comme si l'adversité devait créer des liens, comme si les barrières pouvaient en être abolies. Foutaises ! Tristan de Maresville avait toujours estimé cet instinct grégaire tellement surfait, les manifestants qui scandaient tousensembletousensemble, alors qu'il aurait suffi d'une simple perche tendue depuis l'autre camp, inespéré sésame vers une vie meilleure, pour qu'ils piétinent leurs frères de combat de la veille.
Le cube de béton dans lequel ils s'étaient réfugiés n'était pas exigu, il devait bien faire trente mètres carrés, mais on s'était regroupés, pas encore blottis les uns contre les autres, mais ça ne tarderait pas, une image subliminale et érotique traversa un instant l'esprit de Tristan de Maresville, mais il s'empressa de la chasser, les acteurs présents dans le bunker auraient eu tendance à lui couper l'appétit, exception faite de la petite russe, qui n'était peut-être pas si russe que ça, mais qu'importe, cette idée le titillait agréablement, à un certain niveau de solitude, il n'y a pas de plaisirs moins estimables que d'autres.
Il la trouvait d'ailleurs toujours aussi charmante, malgré la coupe grotesque qu'elle s'était faite, la santé mentale de cette fille serait-elle fragile, enfin de toute façon, ce n'était pas son psychisme qui suscitait l'admiration.
Ernesto et Sophie avaient sorti des bouteilles d'apéros d'un coffre cadenassé, bétonné lui aussi, et qui semblait coulé à même la paroi. Le fou pessimiste avait tout organisé pour qu'il ne manquât de rien, même des cochonneries sous vide à grignoter, peut-être là depuis des années, on ne mourrait peut-être pas par le feu, les uns et les autres avaient goûté chips et autres denrées croustillantes en tout genre avec circonspection.
Tristan de Maresville avait décidé d'y aller mollo sur les alcools forts, il se réservait pour une qualité supérieure, il avait aperçu les bouteilles descendues par l'écrivain, d'autant qu'ils avaient déjà amorcé la soirée sur la terrasse, il ne comptait pas se rouler par terre dans les prochaines

heures, il avait suffisamment montré l'étendue de ses possibilités pour la journée, une reprise en main des rênes s'imposait. Il s'était laissé bercer par les amabilités diverses, les petites vannes et traits d'humour faciles qui fusaient de part et d'autre, destinés sans doute inconsciemment à se rassurer sur l'issue de l'aventure, il avait tendu son auge à Sophie et s'était retrouvé devant une ration généreuse de penne rigate cuites al dente, accompagnée de quelques inoffensifs morceaux de sanglier, le tout nageant dans la sauce, il avait connu des programmes plus festifs.

87

Philippe tripotait son cigare éteint avec nostalgie, le bunker était ventilé, mais il avait été convenu qu'on n'y fumerait pas, pour n'incommoder personne. Il observait Jean-Pierre qui semblait sympathiser avec Marina, c'était tout lui, ça, infect au plus haut point et des plus affables l'instant suivant.
Philippe sentait qu'il y avait anguille sous roche, il ne l'avait plus revu depuis quelques heures, et le yoga ne semblait pas avoir calmé l'excitation qu'il avait cru déceler dans son regard à l'heure du déjeuner, fallait-il s'en inquiéter ou s'en réjouir, il n'y avait pas de baromètre susceptible de décrypter Jean-Pierre, il fallait s'y habituer, c'était un coup à prendre, serrer les fesses n'aurait en rien évité que l'électron libre ne fonce dans le mur s'il le souhaitait, d'ailleurs Jean-Pierre lui-même décidait-il de quoi que ce soit, il était probable que non, du moins dans une certaine mesure.

— Il y a un cadavre dans la colline.

Aussi quand il balança sa petite phrase, Philippe pensa que si c'était tout ce qu'il avait trouvé pour pimenter la soirée, le flop allait être sans appel.
Quoique.
Des fourchettes étaient restées en suspens, l'air pourtant climatisé s'était épaissi, qu'est-ce que cet imbécile était encore allé chercher, quand arrêterait-il ses conneries, à quand remontait la précédente ?

— Non mais c'est pas une blague, j'vous jure !

Philippe n'avait pas eu le temps de désamorcer l'affaire, Tristan de Maresville s'était engouffré tête la première, il n'aurait pas dû :

— Comment ça, « un cadavre » ?

Marina avait eu l'air intéressée, limite émoustillée, Ernesto n'avait pipé mot, Sophie ne semblait pas dans son assiette, la daube, peut-être. Jean-Pierre avait développé. Il s'était égaré la veille, au cours de sa petite crise de jalousie. Il avait été forcé de s'arrêter après s'être blessé la cheville. Il avait été surpris de trouver un sol meuble sous ses pieds, en pleine colline. Il s'était assis un moment et avait aperçu, coincé entre les pierres qui recouvraient le sol, un morceau de plastique noir. Machinalement, il avait tiré sur le plastique, mais ça ne venait pas. Intrigué, Il avait enlevé les pierres et cherché un bâton autour de lui pour déblayer la terre. C'est là qu'il l'avait trouvée, appuyée contre un arbre, la tranche salie de terre fraîche.

88

Putain la bêche… Quelle conne ! Comment avait-elle pu l'oublier ? D'aucuns tordus y auraient vu un acte manqué, un lapsus, Sophie n'y voyait que le début de très très grosses emmerdes.
Déjà la daube avait donné le ton, elle avait eu du mal à l'avaler, ce truc était immonde, elle s'était forcée en souriant, eu égard au temps qu'Ernesto y avait passé. Surtout ne pas croiser le regard de son employé, se cacher la moitié du visage dans le fond du verre presque vide, fermer les yeux sans serrer les paupières, respirer profondément sans qu'on s'en aperçoive, tenter de se détendre.
Là,... ça va passer.
On ne sait pas quand, mais ça va passer.

— Du coup, j'ai creusé…

Un tremblement de terre, il aurait fallu au moins ça pour que Jean-Pierre la ferme.
Rester calme.
Il n'y a pas de problèmes, que des solutions.
Ouais, ça ne faisait aucun doute, les eaux allaient s'ouvrir, la laisser se tailler en courant, et se refermer sur les occupants du bunker, les noyer jusqu'au dernier.
Et Georges allait quitter Amal et demander Sophie en mariage en lui tendant un Ristretto, il ne fallait pas s'inquiéter, l'avenir était radieux.

— Et devinez ce que j'ai trouvé ?

Ta gueule !

— Une bâche avec un truc impossible à soulever, de la taille d'un homme… Costaud, d'ailleurs…

Les autres hésitaient entre scepticisme et stupéfaction. Sophie se demandait quelles étaient les intentions de ce fouille-merde.
Pas de panique, Jean-Pierre n'avait pas des nerfs d'acier, l'épisode de la nuit précédente en était la preuve, on ne pouvait raisonnablement pas tirer de plan sur la comète en ce qui concernait ses réactions.

— Ça pourrait tout aussi bien être un animal…

Oh oui, merci, mille fois merci, Docteur, son bon sens offrait à Sophie quelques goulées d'air supplémentaires, quelques minutes de répit, ça ne mènerait pas plus loin, mais c'était toujours ça, le temps de décider de ne rien dire ou de parler, car enfin, n'étaient-ils pas tous embarqués sur la même galère, ils étaient maintenant bloqués sous terre, le feu faisait rage à l'extérieur, si elle savait leur présenter les choses, peut-être pouvait-elle les rallier à sa cause, les convaincre de garder le silence ?

89

— Vous avez essayé de l'ouvrir, cette bâche ?

Tristan de Maresville semblait avoir à cœur d'éclaircir le mystère, Marina trouvait la distraction bienvenue. Bien sûr on ne peut se réjouir de la mort de quelqu'un, mais les mensurations annoncées par Jean-Pierre éliminaient d'emblée l'hypothèse que la victime ait pu être une femme, ou pire, un enfant, Marina en avait un peu honte, mais elle trouvait cela moins tragique. Elle se surprit même à grignoter de petites meringues italiennes qui laissaient plein de petits flocons sur son pull réglisse. Elle n'arrivait pas à prendre la mesure de ce qui se passait, le vin que lui avait généreusement servi Philippe rendait les choses légères et sans gravité, qu'est-ce que ça pouvait bien lui faire, après tout, qu'un cadavre pourrisse dans la colline ?
Marina observait ses compagnons d'infortune avec curiosité, elle s'était jusqu'alors contentée de les caser dans des tiroirs, les réduisant aux caricatures qu'ils présentaient d'eux-mêmes, elle se demandait maintenant, entre deux gorgées, quelle part d'ombre se tapissait au fond de chacun.
Sophie était blanche comme un linge, sous un bronzage pourtant marqué.
Tristan de Maresville avait froncé les sourcils, et endossé le rôle de l'homme rationnel pour qui les choses ont forcément une et une seule explication. Philippe semblait contrarié de la délectation évidente avec laquelle Jean-Pierre distillait les infos au compte-gouttes, au gré des manifestations d'inquiétude, d'étonnement et de curiosité des autres convives. Il avait ménagé le suspense une bonne dizaine de secondes avant de répondre, attendant que les bouches s'ouvrent et que les yeux s'écarquillent au maximum, la tension était encore montée d'un cran.

— Ben oui, mais j'ai pas réussi.

Jean-Pierre n'avait pu déchirer la bâche, bien qu'il ait tenté d'entamer

le plastique noir avec le tranchant d'une pierre, rien à faire, le mystère n'avait pas livré ses secrets, il avait cru bon de remettre les choses comme il les avait trouvées, pierres ordonnées sur la terre labourée.
Un soupir de frustration s'était échappé de toutes les lèvres, Sophie semblait reprendre quelques couleurs, le fossoyeur n'avait pas boudé son plaisir, Philippe l'avait fusillé du regard, les pupilles de Jean-Pierre s'étaient dilatées.
Ernesto avait empilé les assiettes creuses, sans leur faire l'aumône d'un mot ni d'un regard, à se demander si les tourments d'ici-bas lui importaient d'une quelconque façon, les tâches quotidiennes et nécessaires qui ennuyaient généralement ses congénères semblaient lui suffire.

90

— Quoi qu'il en soit, il faudra en informer les autorités…

Tristan de Maresville avait annoncé cela comme une banale évidence, et non comme quelque chose qui pourrait bousiller une vie entière. Sophie avait écouté les uns et les autres acquiescer à leur façon, ben oui, ça allait de soi, quelqu'un quelque part devait mourir d'inquiétude, espérer, être incapable de faire son deuil, un règlement de comptes, sans doute, avec la criminalité en hausse dans la région, les mafias de toutes sortes qui poussaient comme des champignons, bien sûr on préviendrait les flics dès qu'on serait tirés d'affaire.

— Ce n'est pas si simple…

Elle s'était entendue prendre la parole, sans avoir la moindre idée de comment s'en sortir.
Tous les regards étaient braqués sur elle et attendaient la suite.
Tristan de Maresville avait repris les choses en main et ne comptait pas en rester là.

— Comment ça ?

Sophie avait inspiré, puis s'était lancée.

— Ce que je veux dire, c'est que si c'est bien un cadavre, ce n'est peut-être pas un enfant de chœur, c'est rare qu'on se retrouve ficelé dans une bâche sans raison…

Ça ne va pas le faire, ça y est, tu t'es grillée…

— Comment ça « sans raison », qu'est-ce que vous en savez ?

Encore un instant…

— Je le sais, c'est tout…

Ils se regardaient, gênés.

— Ah non, je suis désolé, ça n'est pas tout, il va falloir être plus claire !

OK doc, tu l'auras voulu.

— Je le connais.

Silence. Le temps que les cerveaux tirent les conclusions qui s'imposaient, chacun à son rythme.

— Vous voulez dire que… c'est vous, qui ?!

Ouf, Philippe semblait s'être réveillé, il allait peut-être prendre la relève du gynécologue, si ça pouvait lui simplifier la tâche, Sophie n'était pas contre.

— Je n'ai pas eu d'autre solution, je ne faisais pas le poids, il m'a prise par surprise, j'étais seule dans la maison. Ça s'est passé dans la cuisine, j'étais contre l'évier, j'ai pris le premier couteau que j'avais sous la main. Après, je ne savais plus quoi faire, j'étais tétanisée.
Il fallait remonter le thermostat, la clim allait les achever, l'air était glacial.

— Je l'ai regardé se vider de son sang, je n'ai rien pu faire.

Jean-Pierre venait d'écraser brutalement un paquet de chips vide, cette histoire ne semblait pas le perturber plus que ça, les autres avaient sursauté, Marina avait même laissé échapper un petit cri.
Tristan de Maresville fixait maintenant Sophie d'un air effaré, on devinait les hypothèses médicales qui devaient s'échafauder en lui.
Philippe réfléchissait.

— Et pourquoi vous n'avez pas appelé les flics, vous étiez en situation de légitime défense, s'il a tenté de…

Sophie avait préparé la réponse.

— J'étais seule, c'était ma parole contre… contre rien, d'ailleurs, puisqu'il était mort.

91

Un cauchemar. Un véritable cauchemar.
Tristan de Maresville ne voyait pas de terme plus approprié pour définir la tournure des événements depuis qu'il avait posé la semelle de ses espadrilles sur le sol de cette propriété. Chaque heure assénait son lot d'humiliation, d'inquiétude, de solitude et maintenant de drame. Encore heureux qu'il ait été capable de se ressaisir, il fallait au moins quelqu'un pour tenir la barre, bien que l'Italien, et ça l'ennuyait de devoir le reconnaître, semblât lui aussi maître de ses nerfs, plus que lui d'ailleurs, qui avait allègrement dérapé, mais bon, se lamenter sur ce qui était fait n'était pas dans ses habitudes, Tristan de Maresville s'était redressé, on pourrait bien entendu compter sur lui pour garder la tête froide.
Il s'était donc contenté de goûter l'alcool fort qu'Ernesto avait sorti de son sac à dos qui semblait avoir pour fonction d'adoucir l'aventure, hotte d'un père Noël au GPS défaillant qui se serait trompé de saison et d'adresse.
Le breuvage brûlant avait réveillé sa trachée, et il en avait profité pour tenter d'analyser calmement la situation. Ils étaient donc trois hommes deux femmes et un… bon, peu importait l'appellation, ils étaient donc six enfermés dans un bunker avec parmi eux une meurtrière, bénéficiant sans doute de circonstances atténuantes, mais une meurtrière néanmoins.
Il n'était pas dupe, le fait qu'elle se dénonce alors qu'ils étaient coincés sans issue de secours et vraisemblablement pour un bon moment avait pour seul objectif de les convaincre de garder le secret et de laisser tranquillement le cadavre se décomposer là où il était. Elle devait escompter une compassion naturelle et collective pour une femme sans défense livrée à la concupiscence incontrôlée d'un individu de sexe masculin et de corpulence imposante.
Or, quand on la regardait, on n'était pas forcément convaincu qu'elle soit sans défense, quant à la situation, comme elle le reconnaissait d'ailleurs, elle était seule avec l'agresseur, et va savoir comment les

choses s'étaient déroulées ? Qui était ce type, ne l'avait-elle pas un tant soit peu chauffé, tous les goûts sont dans la nature, n'est-il pas parfois difficile de cerner la limite de ce qu'elles veulent, consciemment ou non ?
Personnellement, Tristan de Maresville n'avait jamais envisagé ni fantasmé sur le fait qu'un non-consentement puisse lui procurer un quelconque plaisir, mais là encore, tous les goûts…
Il s'en était immédiatement voulu d'avoir eu ce raisonnement. Un viol était un crime, il n'y avait pas à délibérer là-dessus, mais entre une tentative de viol et un flirt un peu musclé, comme on pouvait l'imaginer avec une camionneuse… Et puis elle aurait beau tortiller et arguer la légitime défense, elle l'avait tout bonnement laissé crever, c'était un fait. Il fallait juste évaluer la balance avantages inconvénients que représentait le fait d'informer ou non la police de la découverte… S'il était un jour prouvé qu'ils avaient eu connaissance des faits, il préférait ne pas imaginer les conséquences.
Bien sûr, ils pouvaient s'engager, clairement ou tacitement, à fermer les yeux, mais comment faire confiance à ce Jean-Pierre, imprévisible, ou à l'escort, dont l'équilibre mental n'était pas avéré ?
Tristan de Maresville avait pris exemple sur Philippe, qui semblait apprécier l'alcool servi par Ernesto, décidément, l'écrivain n'avait pas des goûts très raffinés, et il avait absorbé encore un peu du liquide ambré et trop sucré. En bâillant à s'en décrocher la mâchoire, il s'était donné le temps de finir son verre avant de trancher et de prendre une décision.

92

La violence ne faisait pas partie du schéma mental de Philippe, aussi, s'il ne pouvait concevoir le viol, l'idée d'un crime pour en punir ou en empêcher un autre ne lui était pas plus supportable.
Pourtant, « Qui était-on pour juger l'autre ? », et autres questions qui n'ont pas moins de réponses que de subjectivités pour les formuler, lui avaient toujours semblé vaines et épuisantes. Heureusement que d'autres s'escrimaient à trouver des compromis forcément frustrants et inéquitables, Philippe, quant à lui, se refusait naturellement à participer au débat.
Car même si Sophie avait agi dans l'urgence et en situation de légitime défense, on était en droit de se demander qui était ce type qui avait perdu la boule ? Était-ce un psychopathe, un salaud coutumier du fait, ou un simple accidenté de la vie, comme tout un chacun à ses heures ? Son verre était vide, il avait descendu cette liqueur à la composition mystérieuse, Ernesto avait évoqué un secret de famille bien gardé, et l'esprit de Philippe n'en était pas sorti vainqueur, Dieu merci, il avait commencé à voir les choses sous un éclairage empathique.
Tristan de Maresville avait laissé entendre qu'il se portait garant de ce qui était juste, tant mieux, qu'il tranche, après tout, c'était son boulot, ça, trancher dans le vif. Philippe se consacrait à l'effleurement, au tâtonnement, à la palpation timide et hésitante, chacun son domaine de compétences. Heureusement que les types qui se croient détenteurs de la Vérité existent, ils permettent à ceux qui, comme lui, passent d'un pied sur l'autre sans jamais se décider à poser les deux en même temps sur un sol ferme, de se reposer dans un monde parallèle et poétique, loin des miasmes effrayants et pestilentiels qui grouillent alentour.
Il y avait vraiment de la place pour tous, Philippe avait levé son verre vide en silence, trinquant intérieurement à la santé de Tristan de Maresville et de ceux qui comme lui menaient le monde, avant de

tendre ledit verre à Ernesto en fermant les yeux, quémandant une rasade supplémentaire et salvatrice, se laissant bercer par le roulis qui envahissait peu à peu ses pensées brumeuses.

93

Marina observait Sophie qui s'était murée dans le silence depuis sa révélation, serrant entre ses bras un gros pull de laine écrue aux torsades irlandaises et généreuses.
Il aurait été difficile d'imaginer, jusque-là, cette fille qui évoquait plutôt un taureau qu'une licorne, se pelotonner ainsi derrière un bouclier laineux. Elle semblait attendre que le sort en soit jeté, que la sentence de la décision collective la transperce, elle s'était dénoncée, et son avenir dépendait de leur humeur, de leur histoire, de leurs peurs à tous.
Marina s'interrogeait, elle s'était rarement trouvée dans la position du juge, elle avait au contraire fait les frais, à son insu souvent, du jugement des autres. Son statut d'escort, ajouté au fait qu'elle était une femme, n'aurait pas dû laisser place à l'hésitation.
Le schéma semblait assez simple, une nana manque de se faire violer, elle se défend, trop radicalement, elle tue son agresseur, bon, effectivement, ce type était de toute évidence dangereux, sa disparition pouvait même éviter qu'il ne recommence. Il ne fallait pas chercher midi à quatorze heures, il s'agissait de choisir entre parler et se taire, rendre justice à un probable détraqué et bousiller la vie d'une femme qui avait voulu sauver sa peau, ou laisser le violeur là où il était et permettre à Sophie de s'en tirer comme si de rien n'était.
Marina voyait bien que tout aurait dû la pousser à choisir le silence, mais elle avait en tête le souvenir d'une amie escort qui, désirant mettre fin à ses activités dans des conditions financièrement optimales, avait jeté son dévolu sur un client fortuné, antipathique et tordu. Elle l'avait traîné en justice, l'accusant de viol, et l'avait ainsi littéralement plumé. La franchise de Sophie semblait d'emblée exclure l'hypothèse de la malfaisance ou de la préméditation, d'ailleurs rien ne l'obligeait à avouer son crime, n'était-ce pas la preuve même de son honnêteté ?
Le mot « crime » avait néanmoins fait frissonner Marina, elle s'était enroulée dans une des couvertures polaires que Jean-Pierre avait

descendues en quantité et mises à leur disposition, il faisait de plus en plus froid, personne n'avait pensé à modifier le réglage de la climatisation. Marina s'était tant bien que mal réchauffée, elle avait senti les prémices du sommeil et la liqueur italienne s'allier pour embrouiller son discernement, elle avait préféré s'abandonner à l'un comme à l'autre en espérant qu'elle ouvrirait les yeux sur une décision qui ne lui laisserait ni l'ombre d'un regret, ni le goût de la culpabilité.

94

Il avait tenté de lutter, s'emparant dans un premier temps d'une des radios dynamo, fermement décidé à prendre des nouvelles de l'avancée du feu, mais les contrariétés successives qui avaient déferlé sur son existence depuis quarante-huit heures avaient eu raison de sa résistance, Tristan de Maresville avait finalement succombé et s'était noyé dans un sommeil agité, dans un tourbillon d'images floues, dont l'incohérence l'amenait à se tourner et se retourner sur le sol inhospitalier et froid du bunker.
L'ambiance générale qui émanait de ses songes était passionnée, gaie sinon heureuse, peuplée de couleurs chaudes virevoltant au rythme des capes bicolores des toreros, dans la poussière et la chaleur d'arènes surpeuplées, où il avait passé nombre d'après-midi de son enfance.
Il avait toujours été fasciné par le jeu de séduction entre le héros affublé de bas roses et la bête noire, qui se retrouve prisonnière de l'étoffe trompeuse, enroulée autour de ses cornes à la douceur du poignet, pliant et courbant avec grâce la force brute et mâle de l'animal, jusqu'à l'estocade finale, moment de vérité ou le plus faible, par sa ruse et sa ténacité, vient à bout du plus fort.
Tristan de Maresville sentait, dans son sommeil, la main de son père dans ses cheveux, et parfois, au cœur du combat, venait se superposer le visage de sa mère, pourtant absente de ces lieux réservés aux hommes. Il la voyait sourire, la bouche entrouverte, ce qui ne pouvait que le surprendre, car elle ne souriait presque jamais, pas plus qu'elle n'exprimait la moindre émotion. Il n’arrivait pas à se rappeler en quelle circonstance il avait pu lui voir ce visage, épanoui et détendu.
Tristan de Maresville s'agitait, gémissait entre deux visions, cherchant sans doute inconsciemment à définir le contexte, à retrouver les circonstances, la scène au cours de laquelle sa mère avait pu lui sourire ainsi, il lui semblait même qu'elle riait, l'avait-il rêvé, fantasmé, souhaité si fort qu'il avait construit ce souvenir improbable ? Il transpirait maintenant à grosses gouttes sous la couverture qu'on avait posée sur son grand corps.

95

Philippe se marrait, alors ça y était, il le faisait, il sautait à son tour le pas, avec tout le tralala dont la seule évocation lui aurait jusque-là filé la migraine. Dans les grandes largeurs, ouais, avec le blanc immaculé de la robe aux volutes soyeuses et tout le cinéma.
Il se sentait coincé dans son costume à queue-de-pie, il n'avait jamais porté un vêtement aussi inconfortable, les manches étaient peut-être un peu courtes, il ne fallait pas qu'il étire trop les bras, sa chemise blanche dépassait un peu trop sur les poignets, les boutons de manchettes argentés hérités de son père répondaient au soleil qui illuminait le parvis de l'église. Sa mère avait insisté pour qu'il les porte, elle lui tendait maintenant le bras, rayonnante, elle avait l'air tellement heureuse, Philippe acceptait enfin de réaliser son vœu le plus cher, marier son fils unique.
Il avait mis le temps, mais il l'avait trouvée, levé les doutes, réduit en miettes la panique de l'engagement, il l'avait rencontrée sans l'avoir jamais cherchée, il était sûr de son choix, n'avait-il pas suffisamment multiplié les expériences pour être assuré de ne pas se planter ?
Il l'apercevait près de l'autel, elle était grande et belle, il ne voyait que sa chevelure brune et bouclée qui ondulait jusqu'aux omoplates dénudées et bronzées.
De mémoire, il redessinait son visage en s'avançant doucement dans l'allée centrale, servant d'accoudoir à sa mère qui saluait fièrement les invités qui se tournaient vers eux en souriant, l'émail des dents du dimanche étincelant comme les vilains colliers de perles de femmes engoncées dans des jupes pastel dont les couleurs, mélangées aux parfums féminins, évoquaient les brises fleuries et vomitives de désodorisant pour WC.
Ces odeurs avaient commencé à envahir les narines de Philippe pour s'insinuer très vite jusqu'à sa gorge. Était-ce la raison pour laquelle il avait peu à peu ralenti l'allure ? Sa mère le précédait maintenant d'un

pas. Il s'était repris, était revenu discrètement à son niveau, la marche semblait ne jamais devoir arriver à son terme, mais n'était-ce pas mieux, de prendre son temps, l'occasion ne se représenterait pas, ah ah, c'était bien dans cet objectif qu'on s'engageait, non ?
Quelques gros malins s'appliquaient à immortaliser la chose, lui tirant le portrait du profil droit, justement celui qu'il n'aimait pas, enfin, encore une heure et ce serait fait.
Adélaïde, encore trois pas, à portée de mocassins, mon Dieu, comment avait-il pu céder pour les mocassins, les boutons de manchettes c'était déjà beaucoup, sa mère en avait voulu plus, tu leur donnes ça et tu te retrouves à marcher comme un pingouin parce qu'ils n'avaient plus ta pointure dans le modèle trôôôôp assorti au costume.
Voilà.
Ça y était.
Il aurait pu la toucher en tendant la main, bon, il n'allait pas le faire, ça ne faisait pas partie du protocole, mais ça le rassurait d'être arrivé à ses côtés. Elle tournait la tête sur sa gauche, dommage, il aurait aimé croiser son regard, qu'elle voie dans ses yeux tout ce qu'il avait à lui offrir. Il avait fait mine de se concentrer sur le curé, n'avait rien écouté, le tout c'était de faire comme si, ça faisait plaisir à tout le monde, qu'est-ce que ça lui coûtait, finalement ?
Il avait failli faire tomber l'alliance, quel maladroit, ça ne s'arrangeait pas, putain, fais un effort, merde. Il avait soulevé l'anneau doré en tirant légèrement la langue, pour ne pas se louper, il avait enfin levé les yeux vers celle qui dans un instant serait sa femme, et là…
Philippe avait poussé un HURLEMENT à glacer le sang, il s'était réveillé les yeux exorbités, trempé d'une sueur froide, les mains écartelées et plaquées au sol.

96

Les cyprès défilaient de part et d'autre de son champ de vision, comme un trucage cinématographique. Marina avait beau courir de toute la force de ses jambes enfantines dans l'allée qui menait à l'entrée du château, elle n'avançait pas, la distance qui la séparait de son objectif ne diminuait pas. Elle voyait, immobile, son père en imper et costume austère, attaché-case à la main, planté comme un arbre à côté de sa voiture gris métallisé, il lui semblait même que plus elle accélérait l'allure, plus il s'éloignait. Ce n'était qu'illusion, puisqu'il ne bougeait pas, il se contentait de regarder dans sa direction en souriant.
Peu à peu, le souffle de Marina devenait douloureux, mais son élan restait intact, l'avidité dans la poitrine qui avait initié sa trajectoire ne faiblissait pas. Et quand elle manquait s'effondrer d'épuisement, la scène reprenait au début.
Alors, elle devait tout refaire, tenter de nouveau et éternellement de réduire la distance qui la séparait des bras de l'homme au pardessus crème, détenteur de la grande et seule vraie délivrance, la survie de Marina dépendait de sa capacité à atteindre l'Amour, à trouver de quoi s'emplir, encore et encore, à la seule source qui justifiât sa course folle. Elle puisait dans ses réserves, donnait tout ce qui lui faisait pourtant défaut, l'énergie, la rage, la force, et là, quand enfin elle tendait la main, quand elle était à deux doigts de l'atteindre, à chaque fois, l'image de son père s'évanouissait, et Marina s'effondrait sur le gravier qui lui entaillait les genoux, anéantie, détruite.
Et pourtant, elle savait qu'elle remettrait cent fois les gaz pour atteindre son objectif, dès que le mirage lui réapparaîtrait, cent fois, patiemment, elle reprendrait la quête, à la fois sprinteuse et marathonienne, capable de tout et surtout du pire, dans une épreuve sans fin et sans podium.
Sur le sol du bunker, Marina avait repris contact avec la réalité dans une moiteur qu'expliquait son combat nocturne, elle avait tâté ses genoux, s'attendant à y trouver de petits cailloux mêlés à l'onctuosité du sang.

97

Elle avait voulu qu'il disparaisse.
On avait très vite retiré le bébé du berceau, mais la petite tache de sang qui souillait maintenant la percale blanche rappelait son existence indélébile.
Sophie ne pouvait détacher les yeux du rouge vif qui s'assombrissait déjà, elle entendait les adultes autour d'elle, les explications, les reproches, les menaces. Tout cela lui parvenait comme à travers un oreiller, en sourdine, ce petit objet magique, fruit de son imaginaire, s'était peu à peu interposé entre elle et la réalité, au fur et à mesure que le ventre de sa mère s'arrondissait, comme pour la préserver de l'arrivée de l'intrus.
Elle allait tout perdre, mais ça se ferait en douceur.
Elle avait été l'Attendue, pour cette mère qui ne pouvait concevoir et que les services compétents avaient jugée mentalement inapte à l'adoption, l'argent avait permis à ses parents adoptifs de passer outre, une association religieuse ayant quant à elle estimé que toute femme avait droit à jouir du bonheur d'être mère.
Elle ne lui avait jamais caché son regret de ne pas avoir de fils, et Sophie avait vite intégré la donnée, elle avait fait de son mieux pour être au-dessus de ce qu'une mère pouvait attendre d'un garçon. Elle avait coché toutes les cases, relevé tous les défis, endossé tous les costumes du fils idéal.
À l'annonce de la grossesse de sa mère adoptive, Sophie avait senti ses bras s'amollir, quant aux clichés de l'échographie qui levaient les doutes sur le sexe de l'enfant, Sophie avait de nombreuses fois escaladé le bureau sur lequel on les avait rangés, elle avait fixé longuement les contours du petit parasite, comme pour se persuader que la catastrophe allait vraiment avoir lieu.
Elle s'était retrouvée seule avec l'angoisse de ne plus suffire.
Aussi, elle avait désespérément cherché une solution à son problème, et son cerveau de quatre ans avait eu un déclic devant le petit nid

d'osier qui oscillait encore du bercement maternel, le bébé n'avait que quelques semaines. Sophie avait doucement saisi les petits boudins entre ses doigts, elle les avait approchés de sa bouche, et avait sans hésitation croqué la plus petite des saucisses.
Ainsi, elle pensait le voir disparaître comme il était venu, par miracle.
Aux hurlements du bébé avaient succédé des mesures radicales, l'interdiction absolue d'approcher sans la présence d'un adulte du trésor emmailloté, les coups avaient commencé à pleuvoir, tandis qu'une psychologue à la mords-moi le nœud avait usé de sa bêtise pour rassurer Sophie, bien sûr ses parents ne l'aimaient pas moins, bien au contraire, puisqu'ils avaient beaucoup attendu avant d'avoir la chance de la découvrir. Sophie s'était coltiné pendant des années les mièvreries de ces nanas à côté de la plaque, les plus redoutables étant celles que le système scolaire lui avaient imposées, en général à l'heure du cours d'EPS, seule activité où Sophie se comportait comme une élève « normale ».
Son unique consolation avait été de savoir que le petit frère, s'il n'avait été gommé de la surface de la terre, paierait d'une cicatrice à vie sur l'auriculaire gauche, d'avoir envahi l'univers intime de Sophie.
Elle se remémorait ces moments dans un demi-sommeil, elle émergea brutalement, quelqu'un avait hurlé à ses côtés.
Il faisait une chaleur à crever. Le bunker était passé de l'Alaska à la jungle tropicale, il s'était transformé en cocotte-minute dans laquelle ils suffoquaient, suintant comme des légumes vapeurs, effondrés et agonisant dans un amas de couvertures polaires.
Seul Jean-Pierre était debout, triturant le thermostat de la clim sans ménagement.

98

Bon sang, quelle idée avait encore germé dans l'esprit de Jean-Pierre ? Il ne fallait pas se fier à sa frêle corpulence, il était doté d'une résistance hors du commun, de plus, Philippe avait noté qu'il avait été le seul à décliner la liqueur servie par Ernesto, ça avait dû lui permettre de rester d'attaque, d'autant qu'il avait bénéficié du regain d'énergie embrasant facilement celui qui balance un scoop de taille sur la table, un cadavre, tu parles d'une aubaine.
Ils s'étaient visiblement tous assoupis sauf lui.
Jean-Pierre avait cru bon de mettre à profit sa vitalité surnaturelle, il s'était mis en tête de maîtriser le thermostat, lui qui avait déjà du mal avec un simple grille-pain. Le résultat de sa vocation subite pour l'électronique se mesurait à la taille des auréoles qui plombaient les aisselles et aux langues qui pendaient.
Philippe avait encore trouvé la force de tendre le bras vers Marina qui lui avait servi un peu d'eau tirée du sac à dos providentiel d'Ernesto, elle s'était penchée dangereusement pour évaluer précisément la quantité délivrée dans un souci d'équité, il ne manquait plus qu'une mutinerie au sein de leur équipage en perdition, pourvu qu'on ait des allumettes, on pourrait tirer au sort, quoique Philippe avait une idée du mousse que ses camarades choisiraient s'il fallait en sacrifier un.
Il s'était efforcé de décoller ses yeux de l'avantageuse poitrine de Marina qui avait un instant menacé de s'échapper de son fin corsage, il avait enserré son petit verre à liqueur comme le Graal, il en aurait pleuré. L'eau appréciée à petites gorgées risquait de le ramener à la vie et à la chute traumatisante de son rêve nuptial. Le dilemme était de taille.
Mourir et tout oublier, ou vivre et assumer.
Ce n'était qu'un rêve, on n'allait quand même pas se laisser mener par le bout du nez par un subconscient délétère, on n'allait pas se laisser emmerder par des analyses au ras de la moquette ? OK, la mariée de son rêve avait le corps splendide d'Adélaïde, avec les traits et la barbe

de trois jours de Gérard, c'était violent et dur à encaisser, mais bon, c'était peut-être le fait du choc thermique, peut-être que quand la température ambiante passait en un rien de temps de cinq à cinquante degrés, le cerveau déraillait plus qu'à son habitude ?
Philippe n'y connaissait rien, il avait failli poser la question au gynécologue, scientifique du groupe, mais il s'était finalement abstenu, celui-ci n'était pas psy, loin s'en fallait.

99

Tristan de Maresville s'était réveillé dans son jus, la radio dynamo serrée entre ses bras, comme un doudou enfantin. Il s'était prestement rendu présentable comme il avait pu, un coup de doigts dans les cheveux à l'aveuglette, il avait cru déceler quelques sourires narquois. Eh bien oui, son éducation avait laissé son empreinte, même au fond du trou, on se devait de donner de soi une image respectable.
Chemise reboutonnée, malgré la chaleur, il n'allait pas faire comme ses comparses et s'afficher torse nu et de surcroît dégoulinant, dans un lieu clos et en présence de membres du sexe opposé, il s'était attelé à charger la radio, en lorgnant Ernesto qui avait rejoint Jean-Pierre et essayait de décrypter le fonctionnement du climatiseur sur une notice poussiéreuse et écornée.
Une minute de maniement intensif de la manivelle devait assurer vingt minutes d'autonomie à cette radio, si l'on en croyait ce qui était inscrit sur son socle. Il avait donc déployé l'antenne télescopique, et commencé à chercher une fréquence accessible.
Ernesto avait poussé un petit cri de victoire, les soupirs de soulagement avaient suivi, l'italien venait d'apprivoiser le thermostat, on allait pouvoir revenir à une température humaine.
Tristan de Maresville avait manipulé la molette avec délicatesse, pour ne pas passer à côté de l'occasion de capter une fréquence, tout en observant Jean-Pierre qui s'épongeait le torse avec son tee-shirt, c'est vrai que de dos la créature avait une allure ambiguë, c'était sans aucun doute lui le plus féminin et gracile des occupants du bunker.
Enfin la subtilité du doigté avait payé, il s'en était fallu de peu qu'il ne passe à côté, il avait capté une antenne régionale.
Ils s'étaient tous penchés vers la boîte à miracles, pendus à la voix surexcitée, probablement un stagiaire estival ravi d'échapper pour quelques heures à la tournée des plages et des "Alors, jeune homme, tu préfères la mer ou la montagne, et tu as pensé à protéger ta peau, on vous rappelle que l'indice UV est de 9".

Les nouvelles étaient excellentes, le feu était, après un combat incertain entre l'homme et la nature, définitivement maîtrisé, aucune victime n'était à déplorer, les dégâts matériels étaient conséquents, les populations des zones sensibles allaient pouvoir regagner leur domicile dans les prochaines heures.
Ils avaient été cinq à en rire, nerveusement, à quoi ça tenait, un fumeur inconscient, c'était le plus souvent le cas, seul Ernesto s'était tenu à l'écart, il leur avait bientôt intimé le silence, il lui semblait avoir entendu des coups, ah oui, exact, en tendant l'oreille, on avait perçu de petits poc poc poc assourdis derrière la porte blindée, les bruits s'étaient fait l'écho lointain du monde extérieur, comme si la distance à parcourir pour le réintégrer était immense.

Finitions

100

Marina avait été prise d'une furieuse envie de soulager vessie et intestins, tout était prévu dans le bunker, mais le moment lui était apparu inopportun, tous étaient aux aguets.
Dans le plus grand silence, ils avaient essayé de décrypter les voix, de l'autre côté de la porte blindée. Les secours, ne les voyant pas sortir, avaient dû penser que les occupants du bunker ne les entendaient pas et ne savaient pas que le danger était passé. Sophie avait bien sorti le code qu'elle avait recopié au feutre rouge, la veille, avant de redescendre sécuriser le bunker. Car bien sûr, le code n'était pas un truc facile à retenir. Non. C'était une suite à n'en plus finir de chiffres sans aucune logique, on aurait pu croire à une plaisanterie d'opérateur téléphonique. Et Sophie avait eu l'idée saugrenue de coincer le petit bout de papier porteur des chiffres magiques entre sa chaussette et la semelle de ses baskets, et le feutre rouge, sous l'effet de la transpiration, avait disparu, ne laissant qu'une traînée rosâtre sur le papier pelucheux. Il n'était donc pas plus facile de sortir du bunker que de se connecter à une box quand on a perdu la clé de sécurité.
Philippe avait conseillé quelques inspirs expirs à Jean-Pierre, qui s'était exécuté de mauvaise grâce, Tristan de Maresville avait remballé à regret son portable, il faudrait attendre encore un peu avant de se reconnecter au quotidien, au connu, au rassurant.
En partie pour oublier son envie pressante, Marina en avait profité, elle avait mentalement listé ce qu'elle était impatiente de retrouver à l'extérieur, hormis la lumière du jour. L'exercice avait été rapide.
En gros, rien.
Telle avait été sa conclusion.
Rien de ce qui l'attendait ne l'emballait, c'était désespérant. Trente ans, et envie de rien, si ce n'était d'en finir avec le passé. Il lui semblait savoir ce dont elle ne voulait plus, mais elle n'avait pas pris la peine de s'interroger sur ce qu'elle voulait.

Pourtant, ses activités lui en auraient laissé le temps, elle ne comptait plus les rencontres professionnelles qui s'étaient éternisées en contemplation forcée des moulures ringardes au plafond, des lustres aux pampilles translucides, tristes et larmoyantes, le prix de la chambre allait souvent de pair avec le mauvais goût.
Elle savait juste qu'elle ne voulait plus se conformer à être ce que le regard des autres lui imposait, tour à tour bandante, paresseuse, irresponsable ou égoïste.
Elle avait la sensation que sa vitalité, en répondant aux attentes extérieures, lui échappait.
Le gâteau sur la tête l'avait amenée à l'état d'objet, de poupée entre leurs mains, et elle s'était appliquée ensuite, en toutes circonstances, à endosser les rôles qui convenaient aux uns, à assurer les fonctions qui convenaient aux autres. Jamais elle ne s'était souciée de qui elle était vraiment, dépendante et simplement avide de s'emplir du peu qu'on lui octroyait.

— Il y a combien de chiffres, pour le code ?

La question de Jean-Pierre était tombée comme un cheveu sur la soupe.

— Une vingtaine, je crois… Pourquoi ?

Sophie avait quand même fait l'effort de répondre, dans l'expiration d'un profond soupir.

— Ben, ça pourrait pas être ça, des fois ?

Ils s'étaient tous précipités vers Jean-Pierre qui tenait le mode d'emploi du climatiseur à l'envers.

— Si si, peut-être, il me semble bien que ça commençait par un trois.

Sophie avait saisi le papier et tapé fébrilement la suite de chiffres, elle avait dû s'y reprendre à deux fois, encouragée par les autres qui croisaient les doigts et susurraient des bribes de prières.
Enfin, un discret « clic » avait retenti, disproportionné au vu de

l'enjeu, sortir de ce tombeau conçu pour emmurer les vivants qui ont peur de mourir.
De joie, ils avaient à moitié étouffé Jean-Pierre qui n'en demandait pas temps.
Ils s'étaient extraits du bocal des extrêmes, igloo autant que fournaise, comme ils y étaient entrés, en file indienne.

101

Sophie les avait tous laissés sortir, Marina la précédant, les pompiers s'étaient écartés au passage de cette dernière, intimidés, ébahis, comme si un mirage leur était offert pour soulager leur nuit de labeur, le brigadier Tisonnier avait même cru nécessaire de lui tendre la main, pour l'aider à gravir une marche de dix centimètres.
Ridicule.
Mais au moins les choses rentraient dans la normalité, n'était-ce pas rassurant ?
Sophie se disait que si rien n'avait changé à l'extérieur, peut-être que tout ce qui avait pu se dire à l'intérieur du bunker serait effacé, oublié, laissé à l'abandon avec les ombres du passé.
La lumière du jour s'était infiltrée jusque dans la cave, Sophie comme les autres était allée à sa rencontre et avait émergé dans la cuisine.
La pièce aux grandes dalles de pierre était intacte, seule l'odeur prenait à la gorge, les vitres et la porte qui donnait sur la terrasse étaient grandes ouvertes, le brigadier n'avait pas répondu quand elle l'avait interrogé sur l'étendue des dégâts, elle s'était dirigée à reculons vers la baie vitrée du salon et le jardin. Il n'avait sans doute pas entendu la question, tout occupé qu'il était à détailler le récit de leur combat contre les flammes aux rescapés du bunker.
Sophie avait progressé à tâtons, en longeant les murs, elle s'était retrouvée au seuil de la baie vitrée, dos à la réalité, ses mains avaient rencontré le vide, la baie était ouverte, aucun bruit n'émanait du jardin, pas une cigale, pas un oiseau. Les paupières closes, elle s'était retournée vers l'extérieur, avait inspiré un grand coup, et... en ouvrant les yeux, elle avait constaté que la terrasse ne semblait pas avoir souffert des flammes.
Elle avait avancé prudemment d'un pas, la piscine et l'allée de plantes grasses qui conduisait jusqu'à la maison étaient intactes, cactus et figuiers de barbarie imperturbablement érigés vers les cieux, le panorama qui lui faisait face était paisible, la vue juste troublée par la

fumée qui venait du sud, le sol couvert d'une pellicule grise sur laquelle les semelles des pompiers avaient laissé leur empreinte crantée.
Son regard avait effectué un quart de tour sur la droite.
Aucun problème au nord, la colline était la même que la veille, l'allée qui bordait la maison s'enroulait bien gentiment à l'angle de celle-ci.
C'est de l'autre côté, à la gauche de Sophie, plein sud, que l'on pouvait craindre le pire.
Elle avait doucement pivoté sur les cervicales, découvrant avec horreur le spectacle d'une lande calcinée et fumante, les flammes avaient léché la végétation et tout ce qui se trouvait à plus de deux mètres de la façade, fondant les pneus et l'aile droite de la voiture de Marina garée sur l'allée de calades, et attaquant la souche du pin maritime qu'Ernesto avait abattu la veille.
Jusqu'à l'azur intense et infini du ciel, le décor qui s'offrait à elle, pétrifié, fossilisé, n'était que noirceur, tranchant avec la beauté indemne qui le jouxtait, comme si la moitié de la terre avait été enduite de goudron.
Carbonisé ou solaire, tout noir ou tout blanc, pile ou face, le monde fonctionnait-il en définitive comme ce paysage aux deux visages, sur un mode binaire et implacable ?
Laissant de côté cette hypothèse, Sophie s'était très vite demandé quelle décision les autres prendraient concernant ses récents travaux de jardinage, en constatant que la zone qui abritait la preuve de son crime avait été, comme le reste, balayée par le feu, et se fondait maintenant dans une désolation ébène et uniforme.

102

C'était la première chose que Tristan de Maresville avait faite en sortant de la maison, ébloui par la lumière du jour. Il avait allumé son portable.
Et il n'aurait pas dû.
Il aurait dû prendre le temps de savourer la vie tout autour à sa juste valeur. Il aurait dû se repaître de ce qui le rassurait, de la grandeur, de la beauté, de la perfection, des lignes droites tirées au cordeau de la grande piscine, de la majesté des cyprès s'élançant à la verticale, de la pureté des couleurs d'une végétation et d'un ciel miraculés.
Car les messages qu'il avait trouvés sur l'écran l'avaient refroidi avant même que les rayons du soleil aient eu le temps de le réconforter.
Son frère s'était fendu d'un SMS qui se voulait rassurant, tout allait bien, il ne fallait pas qu'il s'inquiète, leur mère était rentrée chez elle, ce n'était qu'une fausse alerte, inutile qu'il fasse le déplacement. Il lui souhaitait d'être performant pour le colloque qui débutait l'après-midi même, il ne se faisait pas de souci pour lui, il était le meilleur.
Tristan de Maresville traduisait le message, hors de lui, fulminant. Le salaud avait encore gagné la partie, il n'avait aucune arme à sa disposition, mais la vie lui avait encore facilité les choses.
Tristan de Maresville avait beau être le seul à prendre plusieurs fois par semaine des nouvelles de leur mère, à faire le détour jusque chez elle le plus souvent possible malgré son emploi du temps surchargé, il suffisait que l'autre branleur apparaisse quand il le décidait, c’est-à-dire quand il avait besoin d'une rallonge à la rente pourtant généreuse qu'elle lui allouait chaque année, pour que trois mois plus tard elle parle encore de la visite du fils prodigue, de ses projets, il justifiait depuis quelque temps une augmentation de ses besoins pécuniaires par des aspirations délirantes, des prétentions artistiques qui jusqu'ici n'avaient jamais abouti. Tristan de Maresville avait lui-même assisté plus d'une fois au déballage de ses ambitions fantasmées, écœuré de voir sa mère pendue aux lèvres de ce baratineur, buvant ses paroles jusqu'à la lie.

Il en était là de ses rancœurs quand il avait négligemment sélectionné le second SMS, sans précaution particulière, puisque le numéro affiché n'était pas répertorié dans ses contacts.
Il n'avait cette fois pas eu besoin de lire entre les lignes, c'était limpide, net, précis, à l'image de l'expéditeur. Pas besoin de se demander ce qu'elle voulait dire par « bel été et belle vie à toi, tu resteras dans mes pensées forever ». Chaque mot avait un sens unique, rien dans l'intraitable et sobre message ne pouvait prêter à confusion.
Ça se résumait en six lettres.
Largué.

103

— Vous l'avez trouvée où ?

Philippe avait dû répéter la question, Tristan de Maresville ne l'avait de toute évidence pas entendu, tout perdu qu'il semblait être dans ses pensées. Le grand homme le regardait maintenant avec les yeux d'un Martien posant le pied sur une planète inconnue.
Philippe n'était pas spécialement pressé, il pouvait patienter jusqu'à ce que la question atteigne le cerveau du toubib, vraiment, il lui faisait peine, il aurait dû se réjouir, pourtant, il allait pouvoir assister à son colloque, et sa belle bagnole avait été épargnée par les flammes, puisque garée côté nord.

— Ah… Ça ?... C'est à vous ?

Il lui avait tendu la clé USB, il ne semblait pas s'être aperçu qu'il la manipulait dans tous les sens depuis quelques minutes, il était temps d'intervenir, encore un moment de ce traitement, il l'aurait bousillée.

— Ben je ne sais pas trop, je l'ai trouvée sur le transat, me semble-t-il…

Philippe se doutait bien que la clé n'avait pas passé la nuit ici, du moins il l'espérait. Ça sentait, comme il l'avait d'emblée envisagé, Jean-Pierre à plein nez. Mais celui-ci n'aurait pas pris le risque de laisser la clé à portée du feu, il avait dû la descendre dans le bunker, puis, une fois sorti, prendre la décision de la lui restituer indirectement.
Il avait choisi de ne pas assumer son geste puéril et peu glorieux. C'est vrai que Jean-Pierre avait l'honnêteté pour qualité, il ne mentait pas, ne trompait pas, ne faisait pas ses coups en douce. Cette histoire de clé était un petit incident de parcours, Philippe s'en étonnait, mais cela ne remettait pas en question l'admiration qu'il avait pour la probité

sans faille de son compagnon.
Philippe avait taxé une clope au plus jeune des pompiers, un petit gars qui avait du mal à décoller les yeux de Marina qui constatait, visiblement atterrée, les dégâts infligés à sa décapotable tangerine, soutenue semblait-il par le brigadier Tisonnier qui avait un sens particulièrement aigu du service après-vente.
Putain qu'elle était bonne.
Il avait aspiré goulûment sur la petite tige, comme il aurait happé l'oxygène au sortir d'une apnée où il aurait présumé de ses forces, tout étourdi encore du malaise engendré par son rêve de mariage.
Non. Il n'était pas prêt, l'engagement lui faisait encore peur, Adélaïde comprendrait, il allait laisser Gérard partir en éclaireur, expérimenter la chose avec sa Cindy, c'est ce que Philippe avait finalement décidé de retenir de l'anecdote.
Il se surprenait maintenant à observer Jean-Pierre qui s'ébrouait au sortir de l'eau, il avait déjà trouvé le moyen de s'agiter, alors que les autres s'étaient offert une pause, pour se remettre du match qui venait de se jouer contre le feu.
Match nul, d'ailleurs.
Un partout la balle au centre.
Mi-figue mi-raisin.
Calciné ou épargné.
Jean-Pierre s'épongeait le corps avec ostentation, Philippe avait cru y déceler l'expression d'une tentative de rapprochement.

104

Jean-Pierre avait presque oublié l'intensité du plaisir que l'acte en lui-même pouvait lui apporter. Il ne s'agissait pas uniquement de la performance, au demeurant assez sidérante, de son partenaire. L'ambiance générale, les circonstances un peu étranges, l'heure où la partie se jouait, avaient leur importance.
Jean-Pierre n'était pourtant pas adepte du milieu de matinée, il avait une nette préférence pour les siestes crapuleuses alanguies qui, commencées dans la délicatesse, se terminaient dans une étreinte brutale et sans entrave, la présence d'autres personnes dans les parages, l'obligeant à taire sa douleur et son plaisir, ne faisant qu'accentuer ce dernier.
Les instants ambigus qui avaient précédé ce moment de grâce, flottants hors du temps et du monde, n'avaient fait qu'attiser la braise. La tiédeur de l'eau du bassin, les regards échangés, l'incertitude de leur interprétation, l'âcreté de l'air chargé de cendres, la sensation de se sentir vivant, encore plus que la veille, tout cela rendait leurs ébats d'une virilité saisissante.
L'ardeur de son amant était d'une incandescence et d'une avidité redoutables. On restait sur du classique, mais le bougre mettait du cœur à l'ouvrage, les genoux de Jean-Pierre, pourtant aguerris, le brûlaient délicieusement, il avait bien essayé de glisser le drap de satin entre sa peau et le drap-housse qui avait le malheur d'être en lin, quelle drôle d'idée, mais son partenaire ne lui permettait pas de seulement pouvoir soulever une de ses paumes, la violence de ses va-et-vient lui aurait inévitablement cloué le torse au matelas, le rendant encore plus à la merci de son assaillant.
Jean-Pierre mordait donc à pleines dents la serviette de toilette en nid d'abeille écru, moins épaisse que l'éponge, ça lui éviterait de s'étouffer. Il avait eu la précaution de s'en emparer avant de laisser libre cours à leur débauche.
Tandis que le sexe de son partenaire s'empalait outrageusement en des

profondeurs insensées, Jean-Pierre, les sens exacerbés, goûtait à l'odeur de quelques fleurs de chèvrefeuille, douce, fraîche et subtile, qui parvenait jusqu'à ses narines. Les larmes aux yeux d'un plaisir insoutenable, il regardait passer, à quelques mètres du lit, derrière le store à peine entrouvert de la baie vitrée, sifflotant un air serein et inconnu en regardant haut et loin devant lui, Philippe, visiblement confiant en l'avenir.

105

— Vous êtes assurée, de toute façon ?

Philippe lui avait posé la question pour lui remonter le moral, il s'était approché progressivement et l'air de rien de l'allée de calades et des pompiers qui grouillaient autour de Marina et de feue sa hier encore si jolie décapotable.
Jolie, mais vieille.
Donc, mal assurée.
Marina ne savait plus pour quelle formule elle avait opté, mais ce n'était sûrement pas du cent pour cent. Sa voiture avait une vingtaine d'années, elle n'en tirerait rien.
Mère la lui avait laissée quand Marina avait péniblement décroché son bac. La châtelaine se refusait à financer des études de « saltimbanque », c'est ainsi qu'elle qualifiait les Beaux-Arts, mais elle s'était allégée d'une éventuelle once de culpabilité avec la voiture.
Marina avait envisagé de peindre, on lui avait offert une voiture.
Elle contemplait l'aile calcinée et les pneus fondus, mais le feu ne s'était pas contenté de cela, il avait a priori endommagé sérieusement le moteur, si l'on en croyait les spécialistes qui y allaient chacun de son hypothèse, c'était à celui qui maîtrisait le mieux le sujet, s'ils pensaient qu'elle était sensible aux connaissances masculines en mécanique, ils se fourraient le doigt dans l'œil.
Marina s'était éclipsée du combat de coqs naissant pour aller payer Sophie, elle n'allait pas s'éterniser, chaque nuitée ne ferait qu'entamer un peu plus son budget, il fallait qu'elle rebondisse, elle envisageait de retourner à ses premières amours, la peinture et l'art en général. Il faudrait juste qu'elle s'habitue à vivre de peu, qu'elle fasse une croix sur la facilité et l'abondance, elle remplirait sans doute des caddies à Lidl plutôt que de sortir du Monop avec un élégant petit sac de shopping ou se côtoyaient, à l'aise, quatre yaourts allégés et deux salades en sachet de cristal.

Finis les petits-déj en bas de chez elle à quinze euros, les restos midi et soir. Ce serait sans doute l'affaire de quelques semaines pour s'habituer à la frustration.
Finies aussi les fringues qu'elle ne savait plus où ranger, elle en abandonnerait une partie à des œuvres caritatives, elle troquerait forcément son appartement pour un studio dans un quartier moins prisé, elle se sentait prête à dormir sur un canapé pour laisser place aux couleurs et toiles vierges en tout genre, prête à mettre de côté son confort pour donner un sens à sa vie.
Créer serait sa priorité, Marina avait tenté de se convaincre, en ce milieu de matinée, que dans l'acte créatif résidait peut-être son salut, qu'en déversant à l'extérieur ce qui rongeait l'intérieur, elle pourrait faire l'économie d'une introspection, une éjaculation créatrice la dispenserait peut-être d'une grande lessive intérieure.

106

Sophie observait Marina qui remplissait le chèque avec application, elle était visiblement peu habituée à régler ses dépenses de cette façon. C'est à ça aussi qu'on reconnaissait les citadins, ils dégainaient à coups de carte bleue, les chèques étaient réservés à ceux qui contrôlent leurs deniers, comme si la visualisation des chiffres avant la virgule aidait à prendre conscience de la valeur des choses, le stylo ralentissant juste avant la signature.
Depuis son retour à l'air libre, Sophie se demandait fébrilement quelle décision allaient prendre ses hôtes, parler ou se taire, elle n'escomptait pas une quelconque amnésie collective. Philippe ne semblait pas misogyne, il devait voter à gauche, Sophie pouvait espérer que ses principes de bobos ne s'accommoderaient pas aisément du concept de délation. En ce qui concernait Ernesto, il lui semblait avoir compris à demi-mot que sa famille n'était pas exempte de tout reproche, une histoire de vendetta, quelque chose de cet acabit. Marina étant une femme, Sophie aurait pu tabler sur une certaine empathie, mais n'était-ce pas imprudent de la laisser repartir sans certitude sur son silence ?

— Laissez tomber, le séjour est offert…

Le chèque de Marina était resté en suspens, flottant entre les partenaires d'un deal implicite. Marina avait lentement déchiré le rectangle en petits morceaux, sans quitter Sophie des yeux, l'affaire était dans le sac, les petits papiers dans un gros bol tibétain. Sophie savait maintenant que Marina garderait le silence, son regard était franc, elle était dans son camp, c'était bien la première fois qu'elle trouvait un intérêt à être du sexe dit faible, elle n'avait plus à s'inquiéter de ce côté-là.
Restait l'incontrôlable Jean-Pierre, dont le couple battait de l'aile, elle n'avait plus aucun doute à ce sujet.
Et Tristan de Maresville.

C'était encore, une demi-heure plus tôt, là que le bât risquait de blesser. L'homme avait des principes, du moins devait-il sauvegarder cette image aux yeux du monde. Une réputation, des intérêts. Une crédibilité, un avenir et un statut à préserver.
Seulement voilà, depuis une demi-heure, la donne avait changé.
Sophie s'était trouvée devant la porte de la chambre de Jean-Pierre et Philippe en regagnant son bureau pour préparer les notes des occupants. Les bruits qui en émanaient étaient sans équivoque. Elle avait soudain réalisé, malgré la fatigue, qu'elle venait de croiser Philippe et les pompiers en pleine conversation avec Marina dans le jardin, quant à Ernesto, elle le quittait à l'instant, alors qu'il déroulait le tuyau d'arrosage pour passer au jet la voiture de location de Tristan de Maresville afin d'en ôter la cendre qui l'avait recouverte d'un voile opaque et grisâtre.
Passée la surprise, son cerveau avait saisi l'aubaine, le cœur de Sophie s'était empli d'espoir quand elle avait doucement actionné la poignée, peut-être avait-on omis de verrouiller la porte, il fallait le tenter.

107

Reculer devant l'épreuve ne servait à rien, l'obstacle n'allait pas s'effacer d'un coup de baguette magique.
Tristan de Maresville ne pouvait rester une heure de plus en ces lieux après ce qui venait de se passer, il se rabattrait sur n'importe quel hébergement près du lieu de son colloque, il aurait accepté n'importe quoi, dormir froissé dans sa voiture de location, s'il le fallait.
Il avait conscience qu'il ne pouvait partir en douce, même en laissant de quoi régler le prix de son séjour, la totalité du prix, généreusement arrondie, voire en doublant ou triplant la somme, il ne pouvait éviter le face-à-face, Sophie avait les cartes en main.
Il allait donc falloir affronter son regard, c'est lui qui allait en définitive devoir s'efforcer d'acheter son silence, sodomie contre cadavre, alors que la veille encore, il tenait, sans l'avoir cherché le moins du monde, la destinée de la propriétaire entre ses mains.
Il n'avait aucune explication recevable et rationnelle à fournir à sa propre conscience sur ce qui s'était passé, ça s'était passé, point.
Tristan de Maresville songeait qu'il ne pourrait sans doute jamais ôter de sa mémoire une telle aberration, sa vie sexuelle en serait définitivement modifiée. Hétérosexuellement adepte de la sodomie, il avait cette fois franchi un cap, c'était indiscutable. Il pouvait mettre ça sur le compte de la rage couplée à la déception et au désespoir engendrés par les SMS reçus, il pouvait justifier ce moment d'inconvenance contre nature par l'instabilité permanente qui gouverne le genre humain, mais il ne pourrait gommer les images de son esprit, elles lui semblaient définitivement imprimées sur sa rétine.
Le problème n'était pas vraiment le spectacle de cette créature offerte sans vergogne à sa lubricité incontrôlée, non, cela le perturberait sans doute quelque temps, mais la nature reprendrait ses droits, si ce n'avait été que cela, Tristan de Maresville ne se serait pas inquiété outre mesure.
Non.

Ce qui l'avait littéralement soulevé du sol, au moment ultime, était un flash de quelques secondes. L'image avait suffi à le pulvériser, elle s'était imposée, profitant du relâchement qui avait suivi la mise à mort sexuelle de son partenaire.
Tristan de Maresville avait les yeux fermés, quand le visage de sa mère lui était apparu, souriant et expressif, comme dans son rêve de la nuit précédente. Il se souvenait maintenant très clairement en quelles circonstances il lui avait vu ce visage, c'était par une fin d'après-midi estivale, son père n'avait pu l'emmener aux arènes, déçu il était resté dans sa chambre, dans un demi-sommeil, à l'insu de sa mère. Il avait été réveillé par un léger tapotement régulier, il s'était levé, cherchant à en déterminer la provenance, et s'était retrouvé devant la chambre de ses parents. La porte était entrouverte, il l'avait poussée et avait découvert sa mère, épanouie, heureuse enfin, possédée par quelque chose qui la dépassait, sous la domination du jardinier qui la montait comme une jument de caractère.
Tristan de Maresville avait tiré un épais rideau sur la scène, jusqu'à ce matin, dans la chambre de l'écrivain, où Sophie les avait surpris, la créature à quatre pattes et lui-même en plein délire, pantalon aux chevilles.

108

Philippe avait reculé avant d'entrer dans le bureau dont la porte était grande ouverte pour éviter Tristan de Maresville qui en sortait agité, rouge comme une pivoine, ce type semblait décidément perturbé, va savoir, peut-être venait-il de manquer de respect à la propriétaire des lieux, peut-être l'avait-elle éconduit sans ménagement.
Philippe avait coupé court à son imagination susceptible de s'emballer, depuis qu'il avait récupéré sa clé USB, il sentait l'envie de se remettre à son ouvrage le chatouiller de façon pressante, il fallait calmer la mule, il le savait, attendre de retrouver des conditions plus confortables pour s'installer dans le ronron qui lui était nécessaire.
Sophie avait refusé qu'il paie, il voyait bien pourquoi, mais si j'y tiens, il n'y a aucune raison, il l'avait regardée intensément en disant cela, elle avait compris, elle n'avait pas l'air complètement stupide.
Non il ne prendrait pas parti au sujet de l'affaire qui la concernait, les choses étant toujours exactement ce qu'elles doivent être, le cadavre qui croupissait dans la colline n'aurait en aucun cas pu échapper à son destin, c'était écrit, et la culpabilité et l'angoisse qui hanteraient Sophie n'étaient pas optionnelles, si elle avait à les vivre, on aurait beau faire, elle n'y couperait pas.
Philippe avait pris congé rapidement, pour ne pas risquer d'avoir à entamer un débat quelconque sur le sujet, il s'accommoderait quant à lui aisément de sa propension à la lâcheté, il avait de sa chambre réservé un taxi en remplissant son sac à dos sans soin particulier, notant au passage que le lit était défait, bien qu'ils n'y aient pas passé la nuit, sans doute une sieste de Jean-Pierre la veille, c'est vrai que celui-ci était adepte des siestes, il en avait quelques-unes mémorables en tête, débridées et audacieuses.
Philippe avait attendu Jean-Pierre dans l'allée du nord, devant le bolide rutilant de Tristan de Maresville, il se demandait si au décollage les phares clignaient des paupières en émettant de la fumée, ça lui

rappelait le véhicule intersidéral de Satanas dans les Fous du volant, ne lui manquait que le chien.
Il avait songé au fait que lui-même ne conduisait guère, pour quoi faire, il était citadin depuis longtemps. Il avait acheté un 4X4 ridicule pour satisfaire un caprice de Jean-Pierre mais rechignait à s'en servir. C'était une galère de plus à gérer, se garer dans la capitale relevait du calvaire.
Il ne savait pas si sa mère avait gardé la CX Prestige de son père, la même que Chirac, l'idée de la récupérer le tenterait peut-être. Elle devait dans ce cas attendre son heure dans l'atelier, dormir au milieu de la sciure, au fin fond du Cantal, où il n'avait pas remis les pieds depuis l'enterrement de son père.
Tiens, c'était une idée ça, pourquoi ne pas envisager de poursuivre l'écriture de son roman en ce lieu hors du monde, il aimait ça, finalement, les hors du monde. Un retour aux sources, « là où tout a commencé », ouais, pourquoi pas. Sa mère n'y vivait plus, il y serait peinard, elle ne l'auréolerait pas de sa présence harcelante. Il pourrait laisser l'appartement à Jean-Pierre, le temps que celui-ci se retourne.
C'était décidé, il lui parlerait le soir même, avant minuit, c'était un peu con, mais il fallait qu'il se donne une heure butoir, il connaissait sa tendance.
Philippe en était là de sa réflexion quand il avait vu arriver Tristan de Maresville, aussi rutilant que sa bagnole, fringuant, d'attaque. Il l'avait regardé ranger son sac de voyage à l'arrière du véhicule.
Philippe avait allumé avec délectation une clope taxée cette fois au brigadier Tisonnier, en se grattant les piqûres de moustiques imputables à la fugue de Jean-Pierre deux jours plus tôt, il espérait que celui-ci allait se bouger, le taxi n'allait pas tarder.

109

Philippe lui avait proposé de partager leur taxi, Marina avait gentiment refusé, ils n'allaient pas dans la même direction, elle ne voulait pas leur imposer de détour. Elle avait esquissé un regret muet en considérant, à quelques mètres de là, la voiture de Tristan de Maresville.
Celui-ci avait entendu la proposition de Philippe et s'était empressé, dès que l'écrivain avait laissé le champ libre, de tenter sa chance, lui proposant de la déposer à la gare. Après tout, si ça pouvait lui économiser le taxi, la ficelle était rugueuse et usée, mais si ça l'amusait, il pouvait bien se faire le film qu'il voulait, elle s'en fichait.
Philippe avait eu l'air amusé, il n'avait pu retenir pleinement un sourire en la voyant débouler dans une robe un peu courte à l'imprimé liberty qui évoquait l'adolescence et les amours naissantes, elle s'en était aperçue, qu'importe, il faisait chaud, et puis elle ne reverrait ni les uns ni les autres, quoiqu'elle avait laissé son numéro de portable à Jean-Pierre, elle ne savait pas trop ce qu'il en ferait, elle lui avait parlé de ses projets, il connaissait apparemment pas mal de monde dans le milieu artistique.
Tristan de Maresville l'attendait, appuyé sur l'aile éclatante de la voiture, il s'était précipité pour lui ouvrir la portière comme s'il avait vu la Vierge, ce type était ridicule et tellement prévisible, c'était un régal. Il n'avait pu s'empêcher de lui effleurer à peine le bas des reins pour l'installer sur le siège passager, Marina nageait dans le connu, en même temps, qu'avait-elle fait, ici et maintenant, pour ne pas être considérée comme un objet ? Il la prenait pour une pute et elle s'était habillée comme une pute, tendance ingénue de surcroît, quoi de plus normal ? Attendait-elle encore qu'un type a priori aussi peu subtil la devine à travers le déguisement et voie ce qu'elle était vraiment ?
Marina admettait volontiers que le virage ne pourrait se négocier à cent à l'heure, cela prendrait du temps, elle n'en était qu'aux balbutiements. Rien n'était fait.
Elle s'était contentée de tirer au maximum sur sa robe, les sièges

étaient baqués, trop tard pour cette fois, elle allait devoir feindre de ne pas remarquer les œillades lubriques du pervers qui manœuvrait maintenant d'une main sans même un petit signe à l'égard de Philippe et de Jean-Pierre qui venait de rejoindre son compagnon, rehaussé d'un sac à dos bigarré.
La douleur de la brûlure sur sa fesse droite s'était faite plus vive quand Marina s'était enfoncée dans le siège, comme une piqûre de rappel, il lui resterait de cette parenthèse provençale une cicatrice, elle savait qu'elle n'essaierait pas de la faire disparaître, elle la chérirait comme le témoin de sa volonté de changer de route.

110

Jean-Pierre avait fait un pas en direction de la voiture qui avait déjà effectué un demi-tour vers le futur, les contretemps de ce week-end n'en faisaient pas partie, Tristan de Maresville avait laissé disparaître la créature du miroir de son rétroviseur, son étrange sac à dos collé au corps lui donnait l'allure d'une tortue multicolore dressée sur ses pattes arrière.
Figuiers, cactus et cyprès avaient succédé à l'énergumène, puis la propriété et ses occupants avaient été effacés de son champ de vision, ils avaient croisé le taxi des parisiens qui peinait sur la route escarpée, il lui tardait d'atteindre la première ligne droite pour lâcher un peu la cavalerie.
Un bras à l'extérieur, baromètre des jours à venir, il jetait discrètement un œil à sa passagère, vraiment charmante, rien à jeter, peut-être un chouïa vulgaire, à peine. Il aimait les fortes poitrines, mais là, c'était excessif, il en convenait. Une légère réduction mammaire serait bienvenue.
Il avait embrayé mentalement sur son colloque, songeant qu'en ce domaine, il ne connaissait pas l'échec, tout n'était-il d'ailleurs pas devenu trop facile, la reconnaissance de ses pairs ne lui suffisait plus.
Que ferait-il après son intervention de l'après-midi, passerait-il voir sa mère ou tenterait-il de rattraper le coup avec celle qui venait de le jeter d'une chiquenaude, qu'il n'avait pu garder dans sa main comme les autres, celle sur qui les fastes et les apparences n'avaient pas de prise ?

My heart should be well schooled
Cause I've been fooled in the past
But still I fall in love so easily

Chet Baker enfonçait sa lame dans la plaie, Tristan de Maresville avait rangé ses gants de cuir, il aimait le contact du volant, il avait au passage frôlé la peau fine et laiteuse du bras de l'escort, dommage qu'il y ait ce colloque...

Le serpentin qui descendait jusqu'à la mer semblait infini, Tristan de Maresville s'était promis d'alléger à l'avenir ses engagements professionnels, il se recentrerait sur l'essentiel, un peu de simplicité en ce monde de brutes, bordel de merde !

111

Sophie avait envoyé une machine et s'était octroyé une séance contemplative du hublot, le tambour puissant allait effacer toute trace des occupants, la vie de chacun reprendrait son cours, tous y avaient laissé quelques plumes, illusions ou certitudes, certains avaient bénéficié d'un tarif préférentiel, d'autres avaient raqué un maximum, qu'en resterait-il, au final, rien de plus que l'odeur du propre qui s'évaporerait dans les relents de cendre.
Sophie étendait maintenant les draps de lin et de satin dans le jardin, les pompiers avaient remballé leur tuyauterie et avaient quitté les lieux, Marius était passé prendre des nouvelles, son potager était carbonisé, on ne l'y reprendrait plus, c'était fini, sa femme irait se faire voir avec ses salades.
Les étendards colorés dansaient dans le vent, celui-ci n'avait faibli que quelques heures, l'été s'annonçait agité dans les casernes.
Sophie ne savait pas encore combien de temps elle pourrait tenir financièrement, Tristan de Maresville s'était senti une âme de mécène, il lui avait fait un chèque indécent, sa libido égarée était une aubaine. Cette manne inattendue lui permettrait de patienter encore quelques mois et si tout se passait comme prévu, les galères financières disparaîtraient de l'horizon.
Persuadée d'avoir fait le plus dur, Sophie souriait au lendemain, Ernesto s'approchait en sifflotant, un sac de marin sur le dos. C'était bizarre, il lui avait annoncé qu'il s'en allait de but en blanc, devant une salade de tomates, après le départ des hôtes. Il disait ne plus rien avoir à faire ici, qu'elle pourrait se débrouiller sans lui.

— Tou es soûre qué tou né veux pas qué jé resté jousqu'à démain, pour néttoyer oun peu tout cé bordel ?

Elle avait décliné la proposition, elle allait gérer.
Elle l'avait regardé partir à pied, il passerait par la garrigue, il connaissait les sentiers aussi bien qu'elle, elle lui avait demandé ce qu'il comptait faire, il avait répondu qu'il ne savait pas, mais que la vie, elle, le savait.

Je suis couché en chien de fusil dans une épaisse bâche de plastique noire, trois pieds sous terre.
J'ai d'abord été traîné sur de grandes dalles de pierre, puis cogné contre les marches d'un escalier de béton, avant de prendre ma position définitive, celle d'un accordéon fœtal, introduit péniblement dans un congélateur.
Elle m'a transporté comme ça, talons aux fesses, front aux genoux, sur un radeau de branches, jusqu'à mon dernier lit, creusé dans la colline et recouvert de pierres plates.
Mon corps est maintenant totalement décongelé, il a commencé à se décomposer.
La putréfaction va tout effacer, même la petite cicatrice de mon auriculaire.
Le travail de la nature sera lent.
Rien ne presse.
J'ai tout mon temps.

Chère lectrice, cher lecteur,

Si vous êtes parvenu(e) à cette page, c'est que vous avez terminé la lecture d'*Indélébile*. J'espère que vous l'avez appréciée.
Si, bien qu'ayant tenu compte de mes mises en garde et de celles d'autres lecteurs, ce n'est pas le cas, j'en suis désolée. Ce livre a même pu vous agacer, j'en suis consciente. Le parti-pris de la caricature est un pari risqué ! Mais la vie est trop courte pour s'interdire quoi que ce soit en matière de création. C'est d'ailleurs la raison essentielle de mon choix du statut d'auteure indépendante.

L'une des conséquences de ce choix est qu'aucune maison d'édition n'assure la promotion de mes ouvrages. Aussi, en termes de visibilité, pour qu'un nombre croissant de lecteurs soit au courant de l'existence de ce roman et des suivants, il est important qu'il obtienne de nombreuses évaluations.
Alors si vous avez aimé Indélébile, n'hésitez pas à prendre un moment pour laisser sur Amazon et/ou sur Babelio, voire sur des blogs de lecteurs, un commentaire (quelques minutes) ou une note (quelques secondes).
Je vous en serai infiniment reconnaissante.
Et bien sûr, n'hésitez pas à parler de ce roman, directement ou via les réseaux sociaux, à tous ceux que vous pensez susceptibles de l'apprécier.

Par ailleurs, si vous souhaitez être tenu(e) au courant de mes futures publications ou d'éventuelles actualités relatives à ma production, vous pouvez laisser votre adresse mail à :

anversvalerie@gmail.com

Soyez assuré(e) que vous ne serez contacté qu'à ces rares occasions.

À bientôt pour de nouvelles fantaisies littéraires.

Valérie Anvers

Printed in Poland
by Amazon Fulfillment
Poland Sp. z o.o., Wrocław

82964020R00139